田中慎弥

ひよっこ太陽

新潮社

目次

題字　著　者
写真・装幀　新潮社装幀室

ひよこ太陽

雨

母が電話をかけてきて、新聞にあんたの文庫本の広告が出ていたとか、次の小説はいつ頃なの、などと言った。

まだ実家にいた頃に作家になり、そうとうな数の曲り角を経験したあと、原稿を書きさえしていれば飢えることは暫くなさそうだと踏んで一人で東京に出て来、三年近く経った。電話は月に二、三度かかってくる。実家に置いてきた本の中からあれとこれを送ってくれと頼むのでもない限り、こちらからはかけない。また私はパソコン、スマートフォンなどの端末類をいっさい使わない。本を送ってくれといった急ぎの用以外の、近況報告の手紙を、二か月に一度くらい書く。母は手紙を書く習慣がない。なので電話がかかってきた時は、締切り間際のよほど慌しい場合でなければ一応話につき合う。常識的に端末を使う四十代の男というのは、果して実家とどのようにやりとりするものなのか。結婚して子どもでもいれば、半年に一度くらいの帰省もあり得る。

次のは書いてるけど担当編集者をごまかしてズルズル先に延ばしてもらってる感じだから文芸誌に載るのはいつになるか分らない、と答えたあと、今日はそろそろ終りかと思っているところへ、あんたの連絡先、人に教えちゃ駄目かね、と訊く。何回言えばいいのとうんざりして答える。私が東京へ転居したと知らない編集者や新聞記者が実家に連絡してくることがあり、仕事相手に化けて東京の住所を聞き出そうとするやつかもしれないから、息子の本を出したことのある出版社に問い合せてくれれば連絡がつくようになってますと答えるようにと、母には言ってある。転居直後は実家にそういう問合せがいくつかあったが、いまはほとんどない。

だがきのう母にかかってきたのは仕事相手を名乗るものではなく、私も何度か会ったことのある、母の学生時代の友人からだった。

一番下の息子が東京で仕事をやめ、その後、新しい職を探している、きちんとした仕事が見つかるまでのつなぎにアルバイトもしている、三十にもなって笑われそうだが本音を言えば大学に入り直してまた勉強をしてみたいのだ、という連絡が何度かあって、そのうち何も言ってこなくなった。電話はつながらずメールに返事はない。住んでいた部屋に行ってみようとしてマンションの管理会社に訊いてみると、もういないとのこと。アルバイト先にも姿を見せなくなっている。

その息子を、東京にいる私に探してもらえまいか、と母の友人は言っている。大学生の頃は文学を専攻していて、これまでに私の小説もいくつか読んでいる、たったそれだけの理由でこんなお願いをするのが不躾なのは承知の上だが、警察に相談する前に出来るだけのことはしておきたい、のだそうだ。

友人の夫も同じ意見のようだ、本人は精神的にかなり取り乱している、と低めた声で続ける母に打っていた相槌の調子を段々と速めて、

「うんうんうん、いやあのね、俺にそんなこと言われたって無理だよ。いくら東京にいるからってさ、分るだろそのくらい。旦那も同じ意見て、どういうことだよ。」と声を大きくしたあとで黙った。苦労をかけてきたたった一人の家族だという意識がしつこく働くために、いつも押し返し切れない。

「だってあんた、せっかく東京にいるんだから。」

「せっかくって。」

「なんか分るかもしれないじゃない。知ってる新聞記者の人とかから、ね？」

友人に何か弱みでも握られているのだろうか。

「いいかげんにして。なんだと思ってるんだよ。そんなことのために記者に頼めるわけないだろうよ。」

「そんなこと言って、あんたになんの関係もないわけじゃないんだから。」

「何が？」

「頑張って下さいって伝えてくれって、言ったでしょうが。G君が小説に興味があって将来そっちの方に進みたいらしいって、私がそう言ったら、あんた、是非そうして下さい、期待してますって伝えてくれって、言ったでしょうが。」

なんとかならないもんかね、見てるとかわいそうなくらいだから、としつこい母に、こっちの番号は絶対向うに教えないように、と確認してから切った。

そんな伝言をしただろうかと、電話の前で思い出そうとはしてみた。作家になったばかりの頃、小さな地方都市に住みながら中央の文芸誌で認められたというのが珍しいらしく、地元紙やテレビのローカル番組に顔と名前が出、友人や親族から祝ってもらったり、暫く会っていなかった同級生に会ったりもした。その頃のことだろうか。作家志望の純粋な学生に、調子に乗って先輩風を吹かせたということか。いまの母の話だと直接会ったわけではないようだ。よく覚えてはいないのだから、そういう伝言をしなかったとは言い切れないが、しかし怪しい話には違いない。覚えていないといえば、Gの母親である母の友人には確かに会ったことがあり、顔も思い出せなくはないものの、どこでいつ会ったかまでは記憶にない。

夜、何かの動物の夢を見た。牛か馬のような、大きな草食獣だった。目覚めてから、確かな種類が思い出せなくても、別に気にはならなかった。Gのこともあいまいなままだったがこちらは頭に引っかかっていた。気になった。人間と動物を比べたことになり、夢が絡んだ無意識のこととはいえ、なんだか妙な感じだった。昼間、図書館で資料と照らし合せながら原稿の下書きをしていても、この妙な気分が去らなかった。これはどうやら迂闊に小説を頑張れと言ってしまい、また動物と比べてしまったことへの、罪悪感らしい。

五日後の午前に母から届いたのは、米だの塩だのといったいつもの日用品ではなく、少し大きめの封書だった。Gが以前働いていた会社とその上司や、大学時代の友人の名前、いなくなる直前までのアルバイト先などを母とは違う手が書いた一覧表みたいな紙があり、中には一時期通っていた歯科医院の住所まで入っていた。誰がどこで調べたのか。こんな情報が手許にあるなら当事者たちが探せばよさそうだ。G本人を写したものだという顔写真は、高校生の時だろうか、制服を着て、前髪が目にかかり、頬が丸く、口を閉じていて、表情と呼べるほどのものは感じられない。同封されていた、母が珍しく書いた手紙によれば、友人は見るのも気の毒なほど弱っていて、とにかくわずかでもいいから手懸りを求めており、Gに関するこのリストを私のところへ送るだけは送ってほしいと必死に訴えたという。明らかに体調を崩している様子だそうで、母も断れなかったのだ。

警察に持ち込んで当然の事態を母に預けようとする友人と、それを受け入れてしまっている母に、六十代の人間たちへの、またずっと地元に留まっている者たちのどこか間延びした対応への嫌気が強まったが、手紙の最後は、とりあえず友人の求めに従ったまででこれ以上あんたに迷惑をかけるつもりはない、何か具体的な行動を期待するわけでもない、本人にも警察に届けてはどうかと勧めてみるつもりだ、となっていた。

なので放っておき、その日は夜まで仕事をした。まずまず進んだ。夕食の前に、原稿がどのへんまで来ているか、いつ頃見せられそうかという電話を編集者にかけた。はっきりした締切りが設定されていないのをいいことに完成を先送りしていて、編集者も特に強い催促はしてこなかったが、その分、申し訳ない以上に、このまま仕事のペースが落ちてゆき、本当に書けなくなるのではないかと怖かったので、原稿用紙二百枚ほどになりそうな新作の終らせ方が見えてきた、という報告をせずにいられなかったのだ。完成したわけでもないのに、恐らく得意気に聞えているに違いない途中経過を、私より四、五歳下の男の編集者は一通り聞いたあとで、以前私が伝えていたこの作品の方向性と、結末へ向っての意図を確認した。いつもはちょっと軽過ぎる喋りでしかも私が反論出来ない鋭い意見を繰り出してくるが、今日はやけにおとなしく、こちらの考えを一つ一つ丁寧に聞き出すという風だった。

「ところで、田中さん、お風邪の方はいかがですか。」

「ええと、別に風邪はひいてないけど、誰かがそう言ってたか。」

「御自身で仰しゃってたと記憶してますけども、あれ、違ったかな……」

「誰かと間違えてんだな。」

「いえ、どなたかと間違えてるんではなくて、単なる記憶違いというだけです。」

「なんだよそれは。」

お互い笑ってから切った。夕食のあとウィスキーのグラスをテーブルに置き、今朝ざっと眺めただけの新聞を改めてめくった。数日前の、現職閣僚による核兵器断じて保有すべし発言の続報。車の販売台数が急激に伸びているという記事もあった。経済的に発展しているどこかの国の話の筈だったが、どこだか読み取る前に目が疲れてしまい、じっくり読むつもりが適当にめくってゆき、折り畳んだ時、一面にある天気図が目に入り、目蓋の裏から離れなかった。何が気になるというのでもないが、描かれている前線や等圧線が、異物として残った。いつ飲んだのか、グラスは空だった。

寝る前にトイレに行くと、どうしてかスリッパがなかった。替えを出した。女と住んでいた頃には、こんな変なことはなかった。

風邪についての編集者との妙なやりとりも、女がいればもっと正常な会話だったのではなかろうか。自分の風邪を編集者に喋ったのだと確かに覚えている、トイレにはちゃんとスリッパがある、そういう普通の生活が、女といた頃なら送れていた。女との生活の記憶じたいがしかし、あやふやになりつつある。


朝、トイレにはスリッパが二足あったので、きのう出したのでない方を洗った。

女がいた頃から私が洗っていた。東京に来てすぐ知り合って、少しして一緒に暮し始めた。女は毎日、牛乳を飲んでいた。晴れても雨でも、まるで、天気が毎日変化したって牛乳一杯分の効能さえもたらしはしないと主張するかのように。私も毎日机に向うのだが、女は比較にならないほど日々の不変を保っていた。女の前では、私がゆっくりと書く原稿は、毎日続けている何事かであるとはとても言えなかった。毎朝出勤してゆき、やはり毎日そうとうな量の野菜を食べ、毎晩私をじっと見つめて低い声でその日あったことを喋ったり、私がいまどういう原稿を書いているか、つまりこの生活を順調に継続してゆけるかどうかを、自分の仕事や収入と重ね合せて質問したりしたが、それよりも、とにかく牛乳を飲んで初めて毎日が成り立っているとしか思えなかった。そういうところが、別に嫌いなわけではなかった。女も私がパソコンやスマートフォンを持たないことを、以前つき合った女のように、なぜ持たないんだ、手書きを守るのが作家の誇りと考えているなら時代遅れなだけでなくほとんど暴力的に傍迷惑だ、と咎めたりはしなかった。作家というものをやはり前の女のように、芸能人みたいな特別な存在だとか、逆に腰の定まらない、いい加減な職業だと捉えているのでもなかった。ただ、牛乳ばかり飲んでいた。私はアレルギーではないが苦手だった。

ある日、いつも通り仕事から帰ってくるなり冷蔵庫を開けたので、

「今日も飲むんだな。」と言った。

「何、ずっとそう思ってたの？」

　雨が降ってきて傘を持ってない私に、天気予報見なかったの、と訊くようだった。

「俺が思ってたかどうかじゃなくて、実際毎日飲んでるだろ。別にいけないっていうんじゃないけど。」

「いけないかどうかは関係なくて、毎日飲んでるかどうかでもなくて、ずっと思ってたかどうかなんだけど。」

「だって飲まない日はないだろ。」

「誰もそんなこと訊いてなくて、毎日飲んでるなってずっと思ってたかどうか。」

「思ってた。」

「思ってた、どうして。飲んでたから？」

「そうなるね。」

「不思議。」

「毎日、目の前で牛乳飲んでて、俺は別にいやだとも思ってなくて、ただ飲んでるなって、思ってることが？」

「だから誰も、誰もそんなこと訊いてなくて、不思議なだけ。」

「俺がそう思ってるからって、何が……」

「だから、だからね、そっちが何を思ってるとか、全然そんなことじゃなくて、そんなこといまはもうなんの関係もなくて、ただ不思議なだけ。そんなことも分らない？」
「思ってたかどうか訊かれて思ってたって答えたら、今度は何を思ってるかじゃなくてって、ちょっと無茶じゃないか。」
「だから、無茶だとか無茶じゃないとかって、いちいち評価を下してほしいんじゃないんだけど。」

よく考えてみたが、女の言葉の意味が分らなかった。どこがどの程度分らないのか自分でも説明出来なかった。女が出てゆく様子を二、三日の間眺めていた。初めはダンボールに詰めた荷物が消えてゆき、やがて女の本体が、まず右腕の先の方から薄れ始め、左足、右足、胴のところどころ、垂らした髪、顔、と続けて見えなくなり、最後まで粘っていた左腕も、忘れ物がないかどうかを、利き手である右腕を真似て部屋の隅々まで指差確認すると、私に向って別れの仕種らしい振り方をしてみせ、玄関のドアのレバーを捻って出ていった。左腕以外はもう見えなくなっていたので、本当に出ていったことになるのかどうかちょっと疑わしかった。最後に揺れていた手の恰好を思い出し、あれは腕が出ていったのであって女がではないと分った。私の体には女の体の感触がまだあった。冷蔵庫に牛乳は残っていなかった。

スリッパはまるで洗わなかったのと変りなく、すぐ乾いた。

地下の映画館へつながる階段の、歩道からも見える一番上の段の隅に、男の子が座り込んでいた。暗い色のTシャツに、白っぽい野球帽を被っている。完全に背中を向けていて顔は見えない。向う側は地下の暗がりだ。

そのまま通り過ぎ、持ってきたメモ紙を上着のポケットから出し、立ち食い蕎麦屋の店名と場所を確認し、通りの向うに見つけ、信号を待った。

地下の映画館には女とも一度行った。太平洋戦争を生き延びた人たちの話だった。どんな言葉だったか正確には思い出せないが最後の場面の二階堂ふみの台詞について、解釈が全然違い、女は自分の見方が客観的に見ても絶対に正しいと言い張った。牛乳で言い合いになって出てゆくよりかなり前だった。

青になって、いやいや渡り、周りに追い越されながら蕎麦屋の方へゆっくりと歩き、店の前まで来てしまったので、仕方なく入口の「自動」と書かれた、ボタンと呼ぶには大き過ぎる縦長の部分を押した。開く音に、いらっしゃいませが重なった。すぐに切り出すつもりだったがいざ来てみると、とりあえず客になっておいた方がよさそうだと判断し、券売機でかけを買い、カウンターに置き、蕎麦かうどんか伝えなければならないので近づいてきた若い店員に、蕎麦で、と言った。東京のうどんは、恐らくは蕎麦つゆと同じ焦茶の汁にぼってりと浮いていて、嚙んでも嚙んでも口に残り、歯の間にしぶとくへばりついたりもする。

昼でも夕方でもないので店はすいていた。ラジオのニュースが、閣僚の核兵器発言による国会の混乱を言っていた。

蕎麦をかき込み、今日も自慢気な閣僚の核武装論を聞き、つゆはほとんど残して水を飲み、店員の動きを目で追い、なんでこんなところにいるのだろうと強く感じたが、さっきの若い店員に声をかけ、事情を説明した。店員は、お待ち下さいと言って奥へ行き、間もなく別の年配の店員が来た。長身で愛想がなかった。左目の横にいまにもぽろっと落ちそうなほくろがあった。

「そいつならだいぶ前にやめた。」

「何か言ってませんでしたか。これからどうするかだとか。」

「なんか面倒なこと?」

「いえ決して迷惑はかけません。私は友人です。このところ連絡が取れなくて。こちらにいたと本人から直接聞いたものですから。」

「別に何も言ってなかったよ。」

視線を逸らし、手許を拭き始めたので、そうですか分りました、お忙しいところをありがとうございましたと店を出た。うしろからありがとうございましたと言われた。店員は、どの客が帰ったあともそうするように器を片づけ、カウンターを拭くだろう。

母の友人が作ったリストに、Gと連絡がつかなくなる前の最後のバイト先がここだと書いてあった。だからなんだというのか。Gがどんな生活をしていたかは母にも私にも、ほんのわずかに結びついているというだけで、当事者であるGとその母親ほど深刻な状況に私が巻き込まれているわけではない。店員にしてみても、同僚がやめた、妙な男がその行方を訊きにきた、という事実は、あの店のどこかにあるかもしれない壁の染みとほとんど変らない。そこに何かがある、いた誰かがいなくなった、それだけだ。

私もこれ以上何かするつもりはない。これからも探す気があり、店員に自分の連絡先を伝えるのが不安なら、出版社の担当編集者の名刺を出して、何か分ったらここに知らせてくれないか、と頼んでおけばいいのに、そうしなかった。引き返したくもなかった。せいぜい母に電話をかけ、新宿のバイト先には行ってみた、今後どこかから何かが分ればまた連絡する、と言えばいい。

映画館へ降りる階段のところに、男の子はいなかった。傍の壁に掲示されている上映時間を見、次回作品も確認して、駅に向った。

母には電話もしなかった。

編集者が言っていたことはあの時点では間違っていたが結果的に正しかった。朝起きると喉が痛く、頭も重かったのだ。

こういう時こそ、温めた牛乳でも飲めばいいのかもしれない。耐熱カップで電子レンジ、でなければ母が時々やっていたように鍋に入れてコンロに。熱を加え過ぎると表面に膜が出来てしまい、カップに注ぎづらくなる。女というのはそうまでして牛乳を飲みたいのだろうか。母からは、もっと飲みなさいと言われはしなかった。これを飲み終るまで遊んじゃいけませんと命じられるようなこともなかった。一緒に住んでいた女も、自分は飲んでいたが、飲まない？　と訊きはしなかった。ひょっとして私が牛乳を苦手だとさえ気づかなかっただろうか。私が飲もうとしないので、無理に勧めなかっただけか。飲まないからといって母も女も困るわけではない。私自身も他に好き嫌いは特になく、決定的な栄養不足になるとも考えられない。牛乳はなんの問題も起さない。だが牛乳に関る会話で、たぶんそれがきっかけにはなって、女は出ていったのだ。

食欲がなく朝はお茶だけ、昼にチョコレートをかじった。起き上がれないほどではなかった。午後、買物に出て、ドラッグストアで顆粒の風邪薬を買った。スーパーの魚売場に鰈《かれい》があって迷ったが、豆腐にした。夕方まで、ベッドで目を閉じたり、ファックス紙と鉛筆を持ち込み、腹這いになって仕事らしい仕種をしてみた。私は使い終ったA4ファックス紙の裏に小説の下書きをする。すぐ指に力が入らなくなり、鉛筆がファックス紙の束の上に落ちて思いの外、大きく硬い音を立てた。

夜は豆腐と玉葱と卵のスープにラー油を少し垂らした。ウィスキーは、タンブラーの底に薄い膜が出来る程度にした。薬のせいで尿が黄色くなった。

症状は少し治まり、薬を続け、鉛筆を持つとよく書けた。これはなかなかいいと思った。力が抜けて言葉が無理なく出てくる。暫く書いて読み返してみても、いつもならあちこち手を入れたくなる筈が、そのまま清書してもいいほどの出来だ。前後の辻褄もだいたい合っている。合っていない部分はバサバサ切ってしまえばいい、といった判断も、いままでにはなかったことで、まるで他の作家の優れた手際を客観的に眺めているかのようだ。

尿は快調に黄色かった。

「ありがと。お前のおかげでさ、近々清書にして、見せられそうだよ。」

「お役に立てて光栄ですが、何より田中さん御自身が誠実に仕事と向き合われた結果です。」

「いや、今度ばかりは編集者の力を実感してるんだよ。」

「私は御要望のあった資料をお届けしたくらいですので。」

「風邪の心配してくれただろ。あれがよかった。」

「お風邪ではなかったんですよね。」

予言通り風邪をひいて薬を飲んだから仕事が進んだ、とは言えず、来週には出来るからと、電話を切った。

地下の映画館から出てくると、大通りを挟んだ神社の鳥居に、あの男の子が凭れていた。この間と同じ色のTシャツと野球帽。下は半ズボン。

一瞬、目が合った気がした。向うからじっと見られていることにこっちがあとから気づいたのであるようだ。

通りを渡った。横断歩道の縞の外側を蝸牛が一つ、季節を無視して這っていた。

男の子は鳥居の傍にしゃがんで下を向いている。長く細く、きっちりと折り畳まれた足がバッタを思わせる。一度前を通り過ぎた時に感じたにおいが、社殿の方まで歩いてゆくと消え、引き返すと戻ってきた。もともとの体臭ではなく、長い間風呂に入らないためらしかった。私が前に立ったので、顔を上げた。脂の浮いた皮膚と小さな目だった。呼吸を止めてそのまま行こうとすると、

「面白かった？　映画。」と早口で言った。小柄だが、小学校五、六年だろう。

「俺が出てくるとこ見てただろ。」

「面白くなかった？」

「子どもが観る映画じゃないな。」

「どうせ入れないよ。」と、通りの向うに目をやった。

「金がないんだな。」

「ないって言ったらくれる？」

「無理だな。」

「ほんとだけど違う。」

「ん？」

「お金ほんとにないけど、入れないのは、体がにおうから。だいたいどこでも止められる。食べるとこなんかだと特に。」

「こないだは映画館の前にいたよな。このへんに住んでるのか？　親は？　その恰好で寒くないか？」

「おじさん変態？　これって誘拐？」

「金ない家のガキ、誘拐してもな。」

帽子のつばの下で笑って、

「映画、好きなの？」

「割と観る方かな。」

「いい方法あるよ。」

「なんの？」

「誰でもいいから子どもを誘拐して、どっかの社長とか、そういう金持の有名人に、金出さないとこの子殺すぞって言うんだ。有名人はいい人に見られたいから絶対出すよ。」

頭いいなお前、と言おうとして、

「あ、なんだっけその映画。だろ、なんかの映画だよな。よく知ってるな。ええと、犯人が、金持の家の子どもだと思って、別の子どもを間違えて攫って、で、それを、逆に利用して……」

「誘拐しようとしたこと、黙っといてやるよ。警察、すぐそこだけどね。」

神社の西の方を指差した。飲み屋街の手前に交番があるのを思い出した。

「このへん詳しいのか。お前の縄張だな。」

「悪さしなきゃ、黙っといてやるって。」

「悪さも、なんにもしてないよ。」

「なんにも？　ほんとに？」

目は隠れたままなのに、じっと見られているのが分る。

「悪さか。したかもな。」

「黙っといてやるよ。」

「じゃあ告白するか。実は……女を殺してバラバラにして、部屋から少しずつ運び出した。」

「嘘だね。」

「お前、なんでも分るんだなあ。」

「分るよ。」と、本当に分っている声だった。

「でもな、やらなきゃいけないことをやってない、これは嘘じゃない。仕事も、人から頼まれたこともだ。悪さとまでは言えないけどな。お前、大丈夫か。学校、行ってるか。」

遠くで雷鳴がした。

男の子はこちらを見上げている。

まだある。告白しなければならないことくらい、いくらでもある。膝を突こうと思った時、

「大丈夫だよ。」

「そうかな。」

「警察の人たちも僕のこと知っててくれてるし。」

「あ、ああ、お前の、ことだよな。そうだそうだ。」

「におってても入れてくれる店だってあるし。いまはもう駄目だけどね。立ち食い蕎麦屋。店長みたいな体のでかい男が、出てけって言ったけど、バイトかなんかの若いやつがいいじゃないですかってでかいやつに言って入れてくれた。そのあとも行ったけどそいついなくて、でかいやつに追い出された。」

「その若いバイト、いいやつだな。どんな顔だった。」

「知らない。」

「知らないってのは正確じゃないな。一度会ってるんだから、覚えてない、だな。」

「じゃあ、覚えてない。」

「でかい方は。」

「覚えてる。目のところにほくろあったから。」

「そうか。」

「おじさん、なんで僕と喋ってるの。」

「たぶん、ちょっと寂しいんじゃないかなあ。」

「気持わる。」

男の子は立ち上がって社殿の方へ走っていった。私は横断歩道を戻った。蝸牛は潰れた跡もなく、いなくなっていた。

傘は持っていなかったが帰宅するまでは降らなかった。先日原稿を送った文芸誌の編集者から、待った甲斐がありました、結末へ向っての、緊迫感を保ちながらもどこか明るいという展開がこれまでの田中さんの作品と違う新たな面を見せてくれて、興奮しました、とのファックスが来ていた。その最後のところだけどうしても書けなかったんで酒飲んで無理に筆を進めた結果だ、自分でも恥しい、肯定してくれるのはありがたいがもう一度考えたいからすまないが送り返してくれないか、このままでいいと判断したら手は加えない、と返信した。

電話すると、まー珍しいあんたの方から、と母は言った。

「Gのことだけど、特に分ったことはないよ。今後もあんまり、期待しないでほしいんだけどね。」

「ああ、やっぱりあんたには迷惑だったよね。こっちも深刻な顔で相談されてそん時はどうしようって焦って、東京にいるあんたなら何か分るかもって思ったけど、よく考えたらね。気にしなくていいよ。」

「でも、なんか分るかもしれないから。」

「うんうん。」

「ほんとに、忘れないようにするから。」

「あんたちょっと風邪声ね。薬、飲むんなら早い方がいいね。」

「薬は、いやだね。」

「またそんなこと言う。天気予報で、東京の方は雨って言ってるね。」

「降ってる。」

「あったかくして寝なさいよ。」

話している途中で、あの映画は黒澤の「天国と地獄」だったのを思い出した。男の子とそういう会話をして、タイトルを思い出そうとしたことじたいを、いままで忘れていた。

風邪薬を捨て、ウィスキーを飲んでからベッドに入った。鼻の奥と、胸のどこかにも、まだあのにおいがある気がした。実際に何かの成分が居座っているとしか思えなかったが、恐らくは、自分がどうしてだか男の子のにおいを思い出そうとしたための、いわば架空のにおいだった。

私はあの時、膝を突こうとしていた。男の子が蕎麦屋の話をする前だった。男の子がGに会ったらしいことなど知らないまま、Gを真剣に探そうとしない自分を許してもらいたい気持になっていた。なのに男の子の話を聞いたあとには、膝を突こうとはしなかった。許される自分が、許せなかったかのようだが、であるとしても、やはりGへの思い入れからではなく、自分が許せない、という安心がほしかったのだ。自己満足だ。

眠る前に雨が強くなった。牛乳の夢を見そうだった。

気絶と記憶

何か食べたかった。前の日の酒は抜けていた。ペットボトルの水を、まずグラスで一杯飲んだあと、電気ポットに入れる。流しに、きのう食べたカップ麺の容器がある。

食パンの上にちりめんじゃこを敷き、マヨネーズを格子に垂らし、胡椒を少し振り、最後に正方形の溶けるチーズを乗せてトースターで焼く。それに、ヨーグルトと紅茶。テレビでは、日本の現職閣僚の、最近のアジア情勢を見れば我が国の核兵器配備が当然議論のテーブルに乗ってくる、核のかの字も許さないという反対派は国民が焼け死ぬのを一一九番もせずに眺めている冷血動物だ、との発言が海外のメディアでどう伝えられているかをやっている。アメリカでは、警戒すべし、理解出来る、と両論出ている。一方国内では、とアナウンサーが切り替えて、大臣なりのお考えがあってのことと思う、ただ議論は慎重な上にも慎重でなければならず、同時に忌憚なく行われるべきであると考える、と発言する首相のあとは、与野党の反応、街頭でのインタビュー、軍事の専門家の分析、と続くが、そのどれもが、賛成、反対と綺麗に分れている。様々な意見がバランスよく報道されてゆく。ものすごく冷静に、穏やかに、整然と。まるで何事も起っていないかのように。

食事のあとも、紅茶の残りを飲みながらワイドショーを梯子する。ここでもメディアの平等性、民主性は発揮され、閣僚発言を追いかける局もあれば、お笑い芸人とモデルの交際、どこかの地方都市でひっそりと深刻に続けられている住民と時代遅れの暴走族との十年闘争など、多様な報道は維持されている。空に近かったカップに、紅茶はいつの間にかなみなみと注ぎ足されている。テレビでは再び海外。ホワイトハウスの報道官。日本の核兵器発言は飽くまで日本の国内問題だ、ただ今後も注視する、と日本語の字幕。

どこまでも公平、平等、民主的な過不足ないメディアに違和感があるとすれば、世界の何もかもを寛大に包み込み、なおかつ包み隠さず伝える映像の中に、私自身が一度も出てこないことだ。いくらベストセラー作家ではないといったって、ちょっとくらいは出てきてもよさそうではないか。世の中の出来事を余すところなく伝えるメディアである以上は。勿論これは私に限った話ではない。人類一人一人があまねく映し出されてこそ、平等なメディアたり得るのではないか？

しかしである、あえて私自身に話を絞れば、スマートフォンやパソコンなどの端末を全く持っていないために、現代社会でごく普通の生活を送る、メディアに出てもなんら差支えのない善良な人間、という資格を剝奪されているだけなのかもしれない。これは決して愚にもつかぬ妄想と片づけられる話でもないと、私は密かに睨んでいる。デジタル端末によって網羅された民主社会のごく一般的な恩恵を、気づかないうちにそうとう取り逃がしているのではあるまいか。整然とした日頃のテレビ報道には、例えばインターネット上でひどい中傷に晒されたあげく体調を崩し、仕事を辞め、結婚を予定していた相手との別れにまで至ったなんの罪もない若い女性や、徐々に独裁の気配が増しているアジアのある国の一画から、抑圧された国民の姿をネットで発信し、警察の取調べを受けたものの、その後もしたたかに声を上げるジャーナリスト、などが登場する。世界が、ネットと絡み合って動き続けているのは確かなようだ。悲劇であれ、希望が感じられる出来事であれ、情報は丁寧な、分りやすい、流通を許可された安全な言葉で伝えられる。それぞれのニュースはそれぞれにふさわしい表情をしたアナウンサーが的確な声のパッケージにしてこちらに届け、すぐに次のニュースが、折目正しく、作法に則って準備され、礼を尽して差し出される。視聴者は、それぞれの出来事における被害者、不利な立場に置かれた人々、声も上げられずに震えているマイノリティを認識し、またすぐ次のニュースを受け取り、そうやって自分の記憶に何かが積み重ねられてゆく音を、聞くだけは聞いている。だが世の中のあまりの混迷を情報として受け取った結果、自分の頭そのものが掻き乱されてどうすればいいか判断がつかなくなり気分が悪くなる、吐く、寝込む、などということはあまり起らず、公平、平等、冷静に伝えられる次の情報をまた受け取る。まるで何事かが起れば起るほど何事かの厚みも減ってゆき、記憶として積み重ねやすくなるかのように。

　作家にとって、小説を書くか書かないか、という以上の何事かはあり得ない筈だ。ではその何事かは、何事も起っていないかのように伝わってくる世界と比べ、どのくらいの厚みを持つのか。つまり、原稿がもっとぶ厚く積み重なっていたっていいのではないか……

　飲んでも飲んでも減らない紅茶にうんざりする。ひょっとするとこれは、三か月ほど前に出ていった女がいまになって仕かけている手の込んだいやがらせだろうか。そうとでも考えなければ、飲んでも尽きない紅茶のからくりなど説明出来るわけがない。それともいまこの瞬間、公平な民主的社会において人類は誰も皆、端末を持つ持たないにかかわらず平等に無限の紅茶を楽しんでいるとでもいうのか。

　牛乳が好きだった女はこの部屋で一緒に暮していた頃、朝食がパンの時は紅茶も時々飲んでいた。最初はそれを、相手が淹れるものをたまには飲んでみよう、という程度のことだと思っていたが、一人で淹れて飲んでいるところを見たことがあり、するとそれまでの紅茶も、男が飲んでいるものを味見するのではなく、ただ飲みたいから飲んでいただけなのだと当り前のことに気づいた。

　女の自主的紅茶を見てからは、自分が自分のために淹れていても、女が飲むための紅茶を横から飲ませてもらっている気分になったりした。向うがそうならこっちも進んで牛乳を飲んでやろう、という気は起らなかった。

　私が一緒に住まないかと誘った時、女はすぐに返事をせず、視線を外して考えていた。ゴミ出しは必ずやる、家事は出来るだけ手伝うから、と言うと、

「手伝うって、それどういう立場？　なんの権利？　あなたは、自分一人で食べたあとの食器を自分で洗うよね。」

「洗うね、勿論。」

「いや、そういうことじゃなくて。」

「え、何が。」

「何がじゃなくて。食器を洗うのが勿論かどうかなんて訊いてないでしょう。ていうかいま私はなんにも訊いてない。食器を洗うよね、そう言っただけ。」

「確かにそう言ったよな。だから洗うって答えたんだけど。」

「誰が答えろって言った？　私が喋ってるんだから、私の言葉を奪わないで。自分が食べたあとの食器を自分で洗う、それは手伝ってるわけじゃないよねって話。一緒に住んでも別々でも、家事は手伝うんじゃなくて普通にやるものってこと。トイレに行くのと同じ。あなたのおしっこを私が代りにしてあげることなんて出来ない。」

　それはそうだと私は思ったし、思った自分に違和感もなかった。少し面倒臭い女だと改めて感じたが、十歳近く下の相手に強い調子でものを言われるのは新鮮だった。

「新鮮？　あなたがいままでこういう喋り方の人と出会わなかったのは単なる偶然なのに、それを新鮮って、どういうこと？　そういう感想とか判断とか勝手な評価を聞きたいわけじゃないんだけど。私がどんな口の利き方するかってことにそこまで敏感になって、疲れない？」

暮し始めてからも、それぞれが自分の食器だけを洗うなどはさすがになかった。どちらかが二人分作り、もう一人が二人分洗った。掃除や洗濯も、手が空いた方がタイミングを見てやった。私もいやではなく、女も文句を言わなかった。どちらかが一方的に何かを任される、というのは一緒に住んでいた間、全くなかったと思う。

酒の席でそのことを言うと、田中さんよくやってますねえと呆れられた。俺は自宅で原稿を書く仕事だから家の中のことをやるのはある程度自然だし苦にはならないよと説明した。本当だった。だが出版社の担当編集者などは、御自宅で仕事されるからこそ仕事以外で時間を割くのはかえって大変なんじゃないでしょうか、大丈夫ですか、と心配した。別に結婚してるわけでもないからねえ、とよく分らない言い方で逃げようとすると、むしろ結婚してる方が役割分担がはっきりしてやりやすい場合もありますよと食い下がられた。

口にしなかっただけで、女の方にはいろいろ不満があったのかもしれない。私にしても、女がもっと家事をやってくれればそれが一番よかったのには違いない。だがやってくれなくても別に困りはしなかったし、結局文句も言わないままだった。

やっと紅茶がなくなり、誰も注ぎ足しにはこなかった。いやがらせが終ったか、もともとこの部屋に女の恨みは残っていなかったというところだろう。

まだ日本が核兵器を持ったのではないらしいのを確めてテレビを消し、トイレで紅茶何杯分かの尿を出してから机の前に座る。座ったのだとは思う。だがいまこうして鉛筆を持っているのは椅子に腰かける前からだった気がして、それならずいぶん準備のいいことではあるのだが、だからといって座る前から頭の中に文章が溢れてきていたわけではない。いつ鉛筆を持ったかを覚えておらずそれで上等と思えるのは、とりあえず筆記具を指の間に挟み書く体勢さえ取っておけばなんとかなるかもしれない、どうにもならないとしても一応書く努力をしていることにはなる、ことにはなるというだけではやっぱりどうしようもないが、どうしようもないなりに書こうとする状態にだけはなったとの記憶を体に染み込ませ、出来上がった原稿を編集者に渡す時ばかりでなく、ついに締切りに間に合わなかった場合でも、間違いなく書こうとはしたのだという隠しようのない強固な体験によって、なぜ書けなかったか、それは書こうとしたためである、と揺るぎのない言い訳が繰り出せるからだ。

原稿、とはいうもののいきなり原稿用紙に書くわけではない。端末を持たないため仕事相手とのやり取りは、固定電話とファックスでする。その使い終ったA４ファックス紙の裏側に、まず下書きをしてゆき、ある程度まで来たところで読み直し、修整し、そこで初めて四百字詰原稿用紙を取り出し、さらに問題を洗い出しつつ清書を進めてゆく。ファックス紙の裏を使うのはもったいないからでもあるが、初めから原稿用紙に書くのが怖いからだ。まだ言葉で捕まえられるかどうか定かでない風景や台詞を、くっきりと分割された枡目にぶっつけに書いてゆくのは、何度か試してはみたものの、鉛筆を持つ右手が、大袈裟でなく小刻みに震え、自分などが踏み込んではならない場所を荒らしてしまうようで、かといって原稿用紙という権威を犯す快楽にまで昂りもせず、まずはファックス紙の裏側に下書き、という安全策に落ち着いてしまう。

書き進めている下書きになかなか鉛筆を振り下ろせず、傾けていた上半身を起し、さも必要であるかのように机の抽斗を開け、クリアファイルに入れてあるこの作品のためのメモ書きを取り出し、眺めてみる。

のらりくらりの末にこの間どうにか発表出来た原稿用紙二百枚ほどの作品を書いている時から準備を進め、今月から連載が始まった、久しぶりの長いものだった。いつまで続くか、どこで終るか、自分でも分っていない。

次の展開を摑み切れないもどかしさから、登場人物の年齢や服の趣味を書きつけてあるメモの束を適当に見直してゆくうち、そういえばこれを忘れていた、この人物はもっと肉づけするべきだ、と反省ばかりになってしまった。指の間にまだどうにか挟んでいた鉛筆を一度机に置き、いやせめて書く恰好だけは崩すまいと拾い上げ、メモを抽斗に仕舞い、体を下書きファックス紙の方へ傾けてみる。さあ傾けなくてはならない、とはっきり意識しながら。体の角度を少し変えるだけのことなのにここまで言い聞かせなくてはならないとは、明らかにいい兆しではない。鉛筆の軸はまだ人差指と中指のつけ根のところにくっついていて、尖りっ放しの先端が机の上の紙に背き横を向いたまま、時々揺り動かされるばかりだ。再びこれでもかと意識して先を紙に接近させてはみるが、意識した行動にロクなものはないようで、動きがきちんと止り、本棚の隅に置いてある時計の秒針が時間を響かせる。

　いつもの、毎日のことだ。これまで起きてきたことがくり返されている。書けない、という出来事が。書けて当然の小説が書けないのではない。書けないことが起っているのだ。いまここでは、書けない以外に、何も起っていない。私には他の何かを起す力がない。きのうまでの下書きの上に視線を弱々しく這わせる。さっきまでテレビを見ていた浅い記憶がよぎってゆく。報道によれば、世界では常に何かが起っているのに、自分はそれを、何事かが起っているとはどうしても思えず、机の上には文章が途切れた白紙。指の間には宙を差してばかりの鉛筆。閣僚の核兵器発言。それをめぐる政治家の対応、一般市民の声、専門家の分析。全ての均衡。

　自分の鉛筆まで世界の仕組みに協力してどうする？　いや、書けないことそのものが、世界をかすかに揺らして均衡を破りにかかっているのだと言えるのだ。では書けば、何事も起っていないこの世界の中に、自分も、何事も起さない世界的な作家として存在出来るとでもいうのか。

世界を嘲ってやっているのだ、自分は。書けない作家が笑ってでもやらなければ、世界は、私に机と椅子と紙と鉛筆を与えてしまった失態を取り戻しようがないだろう。で、嘲り終る。指の間で横倒しになっていた鉛筆を縦に。きのうまで書いてきた下書きの端、そこから先は空白しかない言葉のしっぽに、尖った芯をこすらせる。濃い灰色の文字の流れで紙を埋めてゆく。前日までの展開は頭の中だけで踏まえれば十分。わざわざメモを見て時制や人物同士の関係を確認しようとすると、さっきのようにメモを手に取ることが目的になってしまい、進まなくなる。細かい点を、あと回しにするとか気にしないというのではなく、いかに細かいかを説明してみせるのとも違い、細かいのをさらに細かくするのでもなければ、細かく散らばった破片を拾い集めて誰にでも分る具体的な形と味つけで優しく差し出すのでもない。忘れていたりこぼれ落ちたりして細かく砕ける部分があればあったでいい。砂埃となって広がり、世界をほんの少しだけ汚しさえ出来れば。

砂埃？　世界？　汚す？　紙の上に世界があるとでもいうのか？　紙が世界の実態か？それとも、白紙の上にありもしない世界を描き出してやろうと考えているのか？

世界は、複雑で確かな意味を呑み込んで動いている。世界に、根本的な、完全な白紙が存在したことは、ただの一瞬もなかった。いま私の目の前にあるのも白紙の振りをした、確実な世界の一部であり、文字で埋めなくてもここではすでに何かが起っている。起っていることにしかならない。あるいは、すでに起ったかこの先起る出来事の証拠だ。

なのに私は、詰めていた息を吐き、吸い、これから何事かを自分で起そうとでもするみたいに、書いてゆく。

夜は飲まずに寝た。


特別溜っていたわけでもないのに、朝から晴天なのでやらないと損だと、洗濯をして、ベランダに干していると、足音が聞えた。マンションのすぐ下の坂道を、体に密着した黒い上下に、白っぽい野球帽を被った、うしろ姿だがたぶん五十代くらいの男が、走って上ってゆく。この坂は、近くの高校の運動部やジョギングの人たちがよく行き来する。早く目覚めた朝、ベッドの中で足音をくり返し聞いたりする。坂道を駆け上がり、スタート地点に戻るためにやや投げやりな感じの歩き方で下り、再び緊迫の速度で上る。そのままどこかへ突き抜けてゆきそうな足音が、自らの脚の回転に満足したように徐々に緩やかになって止ることもあれば、力不足は悔しいがいまは立て直しようがないといった風にリズムを乱し、恐らく膝から崩れ落ちる場合もある。

男はダッシュほどの速度ではなく、斜め向いの一戸建ての角を曲って消えた。

いつだったか新宿で、同じ色の野球帽を被った男の子にたまたま会って少し話をした。風邪で薬を飲んでいたからそんな行きずりの相手と口をきいたのかもしれない。私は服のことなどほとんど知らないが、その色の帽子がはやっているのか、それとも時代に関係のない色なのだろうか。男の子からは、長い間体を洗っていないにおいがしていた。私にとっては風邪の他に、ある男が行方不明なのだがと相談され、母の友人の息子であるGというその男のアルバイト先を一度訪ねた切り、真剣に探そうとしていないという頃でもあった。私は、Gの一件を面倒に思っていることを誰にでもいいからとりあえず謝罪しておきたかったのか、男の子の前に膝を突こうとしてやめた。こうして楽に思い出せるほどに、罪の意識などほとんどなかったのだ。

少ない洗濯物を干し終り、きのうに続き午前中から下書きをする。鉛筆の先が紙にこすれている間はほとんど息を止めている。だからいわゆる筆が走る状態になると呼吸しない時間が長くなり、次に手が止ってくれそうな文章の切れ目まで我慢出来ずに、一つの単語の中の文字と文字の間、下手をすると一文字の、一画から次の画へ飛び移るわずかな隙をついて息を出し入れしている、と気づいたのは一年ほど前だ。執筆と身体の関りを見抜いたのはなんだか、自分を上から覗き込んで体力の限界を発見してしまったかのようだ。だがこのことに気づく前よりは、鉛筆の進み方と呼吸との関係が、勿論完全に計算されているわけではないが、なんとなくある一定の間隔で続けられている感じをかすかに持ったりする。とはいえ、書いていない時と比べて乱れた呼吸には違いなく、一区切りなど全然ついていないところで急に手が止り、肩を落して思ってもみない大きな息になる。視点が一瞬合わないとか、再開した最初の一画で肩に痛みとか、腰が張りもする。

紙を離れて横倒しになりかける鉛筆の位置をどうにか保って書き続けてゆくと、体が無理をしているためか、鉛筆をとにかく紙の上に走らせておきさえすればという意識のためか、とても小説の文章にはなっておらず、手許にある消しゴムを取るより先に、駄目な部分を塗り潰す。書く。一行と、次の行の半分くらいまで。使う度に机のどこかに放る消しゴムがいまよりもっと遠くにあっても手に取り、書いたばかりの字を消すこともあるが、その時も鉛筆を持ったままだ。消すのと塗り潰すのと、何かの条件ではっきり使い分けてはいない。ただの潰したり消したりでしかない。それも呼吸に連動しているのだろうか。

書き継ごうとして、いま思い浮べている次の展開からすると前の行が不十分だと判断してあと戻り、言葉と言葉の間から線を生やして先を行間に垂らし、書き足すと、行の先端へ戻ってさらに書き、一つの文章が出来上がり、読み直し、全部読み返す前にこれでよさそうだと、次の文章へ移る。紙の端を押えていた左手が冷えるので持ち上げ、息を吹きかける。そのわずかな間は書いている右手の小指の外側でとりあえず紙を固定し、すぐ左手に戻ってきてもらう。ところがその動作でリズムが、といっても書くリズムなのか呼吸や血流の具合か、何かが乱れたらしく、鉛筆が止る。意識して止めたのか。読み返すため？

か？

次の文章を探るため？　意識して？　だったら意識して止めない、というのははやらないのか？

昼は、猛禽類の鉤爪みたいな芯のところだけになっていたキャベツを刻んだやつと、細く切ったハムを炒め、インスタントラーメンに乗せる。テレビは、首相が国会で核兵器発言の閣僚を擁護する答弁。引っ込んだと思ったら別の局でまた出てくる。五、六年前までは短い期間で首相がすぐ替っていたが、いまみたいに当代の首相一本槍の方が、確かにメディアも混乱せずにすみそうだ。一人だけを映していればいいのだから。

食器を洗い机の前へ戻り椅子に座ろうとして、ああこれはどうやら来そうだと思ったのでベッドに横になり、すぐに意識が遠くなる。昼寝。夢なし。急に来てすぐすむ。起きてトイレのあと、改めて机に向う。白紙。鉛筆。消しゴム。溜息とまばたき。薄笑いして鉛筆の先を紙に。ほんとか、いま薄笑いなんかしたか。

消す、塗り潰す、つけ足すをほとんどしなくてもいいくらいの文章が伸び、句点が来て、まだその下に空白はあるが、展開を大きく変え、あるいは変えるために、次の行へ。行を、枚数を、稼ぐ？　勿論。短い会話の鉤括弧が紙の上の方に並んで下に何も書かないまま先に進んでゆける。だから登場人物は暫くの間、え？　あ……　うん、でも、などとだけ喋らされることとなり、ここでもう少し言葉を尽して相手に気持なり事情なりを伝えていれば大丈夫であった筈の人間関係が怪しい道へと入り込み、行く先が途切れてもとの地点へ戻ろうとするといま来たばかりの道が掘り起されて立往生、といった描写をやや力技をもって進める。それでもところどころで手が止り、初めからここで止ってみようと数行前から計算していただけかもしれないし、本日の体力の限界が近づいてきたのか、または台詞を不当に縮められた人物たちが書き手の私に対して、それでは二度と喋らなくていいんだなとばかりにストライキを決行したか。

手が動くまで待つ。動かす気が出てくれれば。いや、気で手は動かない。ではこうして鉛筆を宙に泳がせておくだけ？　何かが降りてくるのをひたすら待つ？　呼吸を整えて、落ち着いて？　力でものにするのでなくただきちんとした文章を書くだけだ？　確かにそんなことを、まだ作家になろうともなれるとも思えなかった若い頃に文芸誌で、当時の大物作家だか評論家だかが言っていた。なるほど、作家たるもの俗な生活から離れてストイックにならなきゃ駄目なんだな、とその時は思っていていつか思わなくなって、作家になり、やっぱり待つしかないんだって？　じゃあ墓を暴いて当の大御所にお願いしなくてはならない。どうかひとつ、あんたの功徳でもって私の仕事と生活をなんとかしちゃくれませんか。待ってるだけで文章が降臨、白紙の上に鎮座ってことになるんなら。十年ちょっとしか作家をやっていない自分の経験からゆけば、言葉がどこか上の方のありがたいところから降ってきたためしなんかない。上からじゃないとしたら下、あんたの墓からか？　なかなかそんなもんじゃない。言葉の源、書く動機はつまり、要するに、早い話が、家賃。光熱費。実家への恥しいばかりの、ほとんど親不孝と変りのないわずかな送金。蛋白質も炭水化物もバランスよく摂りたい。ラーメンの上にはキャベツとハムだけじゃなく出来れば卵も。たまには紙パックじゃない酒にしたいんだが。と、そんなのは、小説を書く動機としては不純なのでありましょうか。不純と見なされるものの中に、純粋な何かがわずかでも含まれているということはないでしょうか。また不純そのものに、純粋とは別の切実な意味があるとは言えないでしょうか……

　時々机の前を離れ、紅茶、といってもその度に淹れはせず、多めに注いでおいたカップからトイレ帰りにちびっとやってまた置きっ放しだから冷めて表面に埃。机に戻り、目薬。鼻をかむ。鉛筆。ファックス紙の外側で鉢巻して団結、スト決行の登場人物どもを一人ずつ引きずってきて、押えつけ、張り飛ばし、いいかよく聞け、テメエらみたいな使えない役者に台詞を当ててやんなきゃならない作家の身にもなってみろ、舞台に出られるだけありがたいと思え、さあ立て、動け、喋れ、どうした、せっかくいくらでも台詞言わせてやるって言ってるのに、いくらでも暴れ回ってもらっていいのに、なんだよ、さ、頼むよ、な？　お願いだから機嫌直して役目を全うしてくれないか、ほら、綺麗な衣裳を着せてやる、うまいものを腹いっぱい食わしてやる、お望みの相手と気のすむまでいちゃついていい、え？　お前が勝手に妙な短い会話で枚数稼ぎしたおかげでもう元の鞘には収まれない？　悪かったとは思うが、年末年始何かと物入りだろ、単行本がどっさり売れるわけじゃなし、無理にでも枚数増やして出版社から原稿料をせしめないと新年なんか来ない、だけじゃない、もし一定の枚数に届かなくて締切り破り、さらに休載なんてことになってみろ、ただでさえ落ち目のところへ持ってきて最低限の約束事も守れない無礼な作家という悪評が各出版社を駆け巡って仕事が逃げる、そうなったらせっかくいままで頑張ってきたお前たちの先々にも影響が出かねない、だからああでもするより仕方がない、その分これからは出番を増やしてやる、そうすれば無事に掲載分の枚数にも漕ぎつけるし、首もどうにかつながって、先々また別の作品の中に改めてお前たちの居場所を設えてやれるかもしれない……などとアメとムチを尽した甲斐あって、人物たちが戻ってき、私は感謝しつつ、今度は枚数稼ぎばかりでなく、粘って、展開を膨らませてゆく。その流れで夕方まで。食事前の空腹な時間が一番はかどる、というものやっかいでありがたい状態。ちびる鉛筆を短い間隔で取り替える。書いているとかよく書けるといった感覚は超えてしまって、ただ鉛筆の先が紙の上に文字を連ね、縦方向に移動してゆく。私は、書くのではなく、その綿密で機械的な、冷酷な行為を、紙の上空から見ている。文章がつながってゆくのを観察しているというよりは、たまたま開けている目の先でたまたま鉛筆が移動している。

詰めていた息を放って呼吸。だがここで止ると次の言葉が逃げるので小刻みな呼吸でつなぎながら書き続け、肩で息。書く。目が紙から遠くなるような錯覚。昼寝に入る時よりもっと深くへ行きそうになり、でももう少しで話の筋がうまく広がってくれそうで、その言葉は数センチ先、数秒先の白紙の上に見えていて、いや見えた気になっている指先は、ありもしない言葉に辿り着くために一文字ずつ書きつける。上空から見ているだけだった目が紙の近くまで下降してきて、また遠くなり、体が揺れているのが分り、呼吸はなんとか保ち、行は確実に続き、どこが終りなのか、終りが来るのかどうかもはっきりせず、終るためだけに書き、書くにつれてよけいに終りが逃げてゆき、逃げるからこそ終りが予感もされ、一気に大きくなった呼吸が全身を震わせ、何か叫び、目の前が薄紅色に染まって鉛筆が止り、全てが硬直し、粉々に散る。

意識が戻って、ほとんど夜に近い。よだれ。消しゴムのかす。いつどこを消したか覚えていない。手を止めずに書いていた筈だが、消すことも執筆の流れのうちだったらしい。腋に汗。それでも今日は吐かないだけましだ。まだ大丈夫。まだ駄目。新しい鉛筆に替えようとしてペン皿を探るが全部丸い。だったら削れよ、書けよ、ファックスの裏紙が尽きたか？　紙なんか世界にいくらでも。それくらいしか、紙の意味はない。私が小説を書く、それ以外に、世界の紙に存在理由はない。

カーテンを閉めようとして洗濯物に気づき、硝子戸を開ける。冷たい風に当ったためにどこまで乾いたかよく分らない。まだ外で遊んでいる近所の子どもの声。自転車。犬を散歩させる人。

今朝ここから見た、白い野球帽のジョギングの男からは、この距離だから当り前だがなんのにおいもしなかった。新宿の男の子はにおった。私はあとで、Gを真剣に探そうとしないことを変に意識しながら、そのにおいを思い出そうとしたりした。同じにおいがあの男からするとしたら、私はいったい何を嗅いだことになるのか。

洗濯物を取り込んで、硝子戸とカーテンを閉めた時、はっと思い出してもう一度外を見た。今朝、男が曲って消えた角には誰もいない。

あの帽子はいまはやっているのではない。時代に関係ない定番なのでもない。私自身の記憶からやってきたのだ。記憶が走ってき、角を曲って消えたのだ。


読み返すため、今日書いた部分を手に取り、今度こそ薄笑い。

お前の書いたものが面白いわけないだろ、あ？

まず連載の担当編集者に、今月の締切りを二日ほど延ばしてもらえまいか、とファックスしておき、返事を待たずに、下書きを数枚重ねて角を合せ、真ん中から一気に破り、それをまた重ねて破り、もう一度。難しいが、もう一度。まだやれる、まだ破れる。これが原稿か？　小説か？　気を失うまで書いたからそれで満足か？　そうだ、満足だ。今日はいい原稿が書けたと本当に思う。だから破る。お前の満足は編集者に重たい溜息を吐かせ、書店員に呆れられ、高貴な読者の失笑の肥料にしかならない。破れ、潰せ、書け。

あのあとは、ベランダからも、駅前のスーパーへ買物に行く時も、白っぽい野球帽には出会わない。
だが、子どもの頃に、あれと同じものを被った人物に確かに会っていた。それが記憶の混乱と間違いだとしても、会ったという実感は消しようがない。絶対に会ったとは言えないが、会っていないと決めつけたのでは、混乱が納まるどころか、新宿の男の子もベランダから見たジョギングの男も幻覚だったかと、怖くなってしまう。

Gに関する資料は封筒に入れたまま、捨てずに置いてある。

日曜日

その時代、というのは一九八〇年代になり、世界が二十世紀という我が子をどう葬ればいいか考え始めていた頃、まだ下水道の整備が完全ではなかった小さな街で、私は小学三年生だった。クラスにいる女の子がなんだか自分とは全然違う生き物に見えていた。算数には、密かについてゆけなくなっていた。いまの私は当時の自分に、遅れるならとことん遅れてしまえと言いたい。中途半端が一番恰好悪いと。校舎は木造で、床板は節だらけだった。掃除の時間にかける白いワックスが効いているのかどうかは謎で、ただひどいにおいであることは確かだった。合板と金属パイプで出来た机、椅子。ランドセルをパンパンに膨らませている教科書とノート。文字が、書かれるというより消されるためだけの黒板。天井から吊り下げられたストーブ。教師が口にする、君たちの将来。君たちが作る二十一世紀。教室の中にはそういう、いま思い出してみてもあんまりパッとしないものしか見当らなかった。地球儀は地球よりずっと小さかった。

担任の田辺先生も全然パッとしない状態だった。女なのに化粧をしていなくて、極太のサインペンで描いたような黒縁の眼鏡を目許にぴったりと密着させていた。身長は教師たちの中で一番低く、太っていてがに股だった。いつもすごい足音を響かせて歩いた。肌は妙に艶々していたが、そうとうな年であることは、太平洋戦争中の体験を度々話すことからもよく分った。そうやって授業を中断させて戦時中の思い出を延々と喋るので他の教師から嫌われ、職員会議でも問題としてよく取り上げられているとの噂まであった。結婚しているかどうかの三年二組内での推理は、あの先生が男と一緒の家に住んで、キスとか、もっととんでもないことをしている姿はとても想像出来ないとの論理をもって、独身という答に統一されていた。

だから二組にやってきた転入生に関しても、職員室で孤立しているらしい、この上ない変人である田辺先生が、校長を初めとする教師たちの団結によってやっかいな生徒を無理やり押しつけられたらしいと、あとになってクラスの仕切り役が放った偵察部隊が、見てきたように報告したものだった。

二年から三年になる時に行われたクラス替えで新しくなった顔ぶれにも慣れ、休み時間にはだいたい自分が誰と、どこにいればいいかを各々が分るようになった五月、その男子生徒、宇山はやってきた。まさしく突然やってきたという印象だった。田辺先生は、明日転入生が来ます、という予告もせず、いきなり宇山を連れて朝の教室に入ってきたのだ。

常識的に考えればそんなわけはない。事前の告知くらいあった筈のところを忘れてしまっているだけだ。本当に、すっかり忘れている。

まるで真夏みたいに暑い日だったのは覚えている。季節が先走った恰好だが、もう秋になったカレンダーの中に間違って一日だけ夏が残っていたかのように、その時は思えたかもしれない。宇山はそのくらい寂しい感じを漂わせていた。二組の生徒たちは普通なら転入生に向ける、なんなんだこいつは、といった興味をあまり示していなかったのではないだろうか。それとも、私の記憶と違い、それぞれに観察する目になっていたのだろうか。

宇山は学校指定の黄色いやつではなく、白っぽい野球帽を被っていた。田辺先生はおかしなことに、宇山君は急な転校だったせいで帽子やなんかの準備が出来ませんでした、皆さんいろいろ助けてあげて下さい、と言っただけで、お父様の仕事の御都合で、といったような、こういう場合にお決りのはっきりした転入理由を最後まで言わなかった。これは確かだ。

宇山は表面上、背が高い割に弱々しい印象のまま、すぐにクラスになじんだかに見えていた。初めは近くの席の生徒が怖々話しかけ、やがてクラスの仕切り役とその一派の男子たちからも声をかけられ、生徒間での転入試験といったそういう日々が過ぎると、単なる二組の一生徒だった。とはいっても、一人でいることが多く、周りもそれを不自然とは感じていなかったようだ。

目は細く、鼻も口も小さかった。色は青白かった気もするが、背が高くて痩せてもいるところへ、他人とあまり話さない印象を重ねて、引っ込み思案の青白い根暗なやつという勝手な覚え方になっているのかもしれない。声は低かったと思う。誰かから話しかけられて、必要最小限の返事をし、そのあと続けて何か言われても面倒臭そうに笑ってごまかしたりしていた。勉強は出来る方だった。白っぽい帽子はすぐに黄色いやつに変り、その後は見なくなった。

例の一派が流した噂は、宇山は前にいた学校で取り返しのつかない問題を起した、親に逮捕歴がある、父親はやくざだ、といった分りやすいものばかりだった。日本人ではない、日本生れでもない、何語だか分らない言葉をすらすら喋っているのを聞いたやつがいる、というのもあった。一派のリーダーである風間は、それまでひどい悪さをするとか誰か一人を標的にしたりはしていなかったが、今回は、例えば休み時間に宇山がいるところで、日本人じゃないってすごいよなあ、俺だったら絶対耐えられないけど、とか、時には宇山の目の前に行き、帰る家ある？　と言ったりした。宇山は、机の脚を軽く蹴られることがあっても、あいまいに首を捻るだけだった。

私は、風間たちにも宇山にもほとんど興味はなく、勉強が嫌いで、なんとなく学校には行っていて、話をしたり放課後に遊ぶ友だちくらいはいたが、一人でテレビを見たり本を読んだりするのも別にいやではない、という小学生だった。

なので宇山が突然いなくなった時も、特別に悲しくはなかった。あとで思い出して後悔したりもしたが、いまはしていない。

クラス全体で答合せをしながら授業を進めてゆくためにやっておけと言われた算数の宿題を、やらずに登校した。午前中はまだ、算数は六時間目だからそれまでに誰かに写させてもらえばいい、何も問題はないと考えていた。一時間目か二時間目の宿題なら仕方なく前日にやっておくが、それ以降の時間に間に合せるのであれば授業間のトイレ休憩をフル活用すればよく、午後の授業であれば昼休みがあるのだからなんの心配もない。

ところがその日はどういうわけかいつも写させてもらっている友だちから、田中お前さあ、もっとちゃんとやったら？　と投げやりな口調で、しかしはっきりと断られてしまった。それを聞いていた女子生徒にも、先生にいつも言われてるでしょう、ね、と決して突き放すのではなく励ますような言い方をされた。確かに田辺先生から、人の答をこれ幸いと書き写すのは泥棒と同じです、という単純な脅しが日頃からかけられていて、優等生たちは私のような宿題泥棒を発見すると、先生にわざわざ言いつけまでする。その一歩手前でちゃんとやればと言ってもらえるのは、まだ運がいい方なのだろう。

というわけで誰も写させてはくれず、昼休みをまるまる潰して真面目にやってみようとはしたものの、結局難敵を攻め落せないまま午後の授業になって、ごまかしおおせるかもしれないと期待していたが、答のほとんど書かれていない宿題のザラ紙を不自然に上半身で隠していたところへ、いつもの凄まじい音を立てて生徒たちの机の間を歩き回っていた先生の足がすぐ傍で止り、無言。何も、起らない。起らない。やったか、ごまかせたか、それとも珍しくお目こぼしか。途端に、ほとんど眼鏡そのものと言える先生の顔が机すれすれまで降りてきて、艶のある太い手が私の上半身を起し、ザラ紙をコツンと叩いた指先がゆっくりと教室の外に向けられ、私はクラスの視線をはなむけとして浴びつつ、廊下に立っていろの刑。他の時間なら次の授業が始まるまでですむのだが、その日最後の六時間目だから、先生によしと言われるまで帰ることが出来ない。放課後の遊ぶ時間が減り、夕方のテレビアニメの再放送を見逃す危険も伴うため、六時間目の恐怖と呼ばれていた。

授業が終り、出てきた田辺先生はさも当然といった風に、釈放の許可を出さず、盛大な足音を残して去ってゆき、続いて生徒たちが廊下に溢れ、私を見て笑ったり、御苦労さんと肩を叩いたりして、下駄箱の方へ流れてゆく。

風間が通りすがりにザラ紙を差し出して笑ってみせた。答は一つも書かれていない。

「お前が生けにえになってくれて、田辺の婆さん、俺の方は見つけられなくて、ありがとさん。」

一派が周りでにやつく。

うまくやるやつはこうしてうまくやって、こっちはうまくやれないまんまで生きてかなくちゃならないんだな。これは大変な人生だな。

気づくとランドセルを背負った宇山がいて、風間、というより風間が持つザラ紙を見ている。なのに風間の方はまるで視線を合されたみたいに、

「何？　何見てんの？　おい聞えてるか？　お前、何見てるって言ってんだろ。」

上履きから伸びている宇山の足首を蹴り、宇山は笑ってまだ相手のザラ紙だけを見ている。

「なんだこいつ、やっぱ、異常だな。」

言ってからふと、持つ手に重みを感じでもしたのかザラ紙に目をやった風間が、顔を凍らせ、いきなり紙をグシャッと丸め、笑う宇山を見ながらあとずさるのを、ぽかんとしていた一派が追いかけた。宇山は、私と目を合せずに、下駄箱とは反対方向の階段を降りていった。

ちょっと怖くなった。廊下はひとけがなくなっていった。このまま逃げると漢字書取りの刑が追加されるが、などと、ずいぶん長い間迷っていた。トイレに行きたかった。

やがて偉大な足音が聞えてきて、ほっとしたものだ。

風間の一派が宇山をはっきりとした標的にするようになってから、これは当然といえば

当然だったが、私は見ているだけで何もしなかった。こうなったのは自分が廊下に立たされたのが原因の一つなのだろうと思ってはいたが、罪悪感はなかった。

しかし、あれはいったいなんだったか。あの時風間は、紙の上に何を見たのだろう。私が見た時点では何も書かれてはいなかった。ということは宇山が見つめたあとで変化が起ったのだ。そんなばかなことはない、これこそ自分の記憶違いだと、この年になるまで何度も思い込もうとした。私に向って紙が差し出された時にはもう、風間にも私にも見えない部分に、誰かが落書きをしていた。そうでないとすると、風間が顔を凍らせたり紙を丸めたりすることそのものがなかった。そもそも宇山が風間の持つ紙をじっと見てもいなかった。そうとでも考えなければ全く説明がつかない。いやそもそもというのであれば、私が廊下に立たされた事実がなかったか、宇山はあの時あの場所にいなかったか、あるいは、宇山という生徒じたいが最初から……

でも、私はやはりどうしても、宇山を覚えている。ノートを破られたり削ってあった鉛筆の芯を全部折られたり、給食のパンをゴミ箱に捨てられそれをまた拾って食べている間も、歯を食いしばりもせず細い体でただ耐えている、というより耐えることを面倒に感じてでもいるのか、表情を少しも変えなかった宇山を。

二学期になって席替えがあり、同じ班になった。掃除や給食当番などを一緒にやった。班の他の生徒も、いじめるのではないにしろ、宇山と積極的に話したり作業したりはしなかった。

　理科室で実験の道具を準備する時、班の女子の一人が、田中と宇山でやってよと言った。他の生徒も賛成の目だった。私は、それまでそんな風に何かをやらされたことはなかった。班やクラスの中で目立ったり頼りにされたり、いじめられもしていなかった。成績は悪く女子からは見向きもされなかった。やってよと言った生徒は、班の中でなんだかパッとしない二人を軽い気持で結びつけたのだろう。

　だが私は、宇山を一瞬見たあと顔を逸らし、何もしなかった。視界の端で、道具が入っている棚の方へ細い足がゆっくり歩き出すのが分った。

「四班、ちゃんと準備してますかあ。」

　田辺先生に言われたのはもう宇山が運び終えようとする頃だった。

　宿題忘れもないのに田辺先生に呼ばれたのはその日の昼休みだった。

「宇山君のこと、ちょっと気をつけてあげて下さい。今日は、一緒に帰ってやってくれませんかね。帰る方角、だいたい一緒でしょうが。宇山君にも私から言っておきますんで。」

　困ったことになったと思ったが、なぜ困るのかを深く考えはしなかったようだ。放課後、先生が指定した下駄箱の前で落ち合って下校した。私は宇山がどのあたりに住んでいるか知らなかった。学校のある丘を下りて、私が母と住んでいる住宅街と商店街とを隔てる国道のところまででいいという先生の言いつけ通りにした。宇山は国道を渡っていった。

その後は別に待ち合せたりはせず、たまたま廊下や下駄箱のあたりで一緒になるとそのまま国道まで歩いた。姿が見えないと一応目だけで探し、見つからなければ一人で帰った。教室ではそんなに口を利きはしなかったが、宇山は私より頭がよかったので、宿題泥棒の避難先にはなってくれた。授業で、黒板に書かれた問題の一つを解けと指名された時も、隙を見て宇山に教えてもらった。先生田中君がインチキしてますと誰かが告発すると、「はいはい分っとりますよ。全くもって困ったもんですなあ。」と田辺先生が男みたいなパッとしない声で言ったが、私にそれ以上注意や罰を与えはしなかった。

なるほどそういうことか、これでいいのか、と思った。パッとしない田辺先生と手を組んだのはやはりパッとしないことだったし、何がなるほどそういうことなのか、自分で自分にうまく説明も出来なかったが、これはなかなか悪くないと感じてはいたらしい。

とはいえ、風間たちが、お前らほんとにつき合ってんじゃねえの、と言ったりするようにもなり、田辺先生からは引き続きお願いするとの指令があったが、これまで通り一緒に帰るくらいしかしなかった。商店街を抜けた先の古いアパートだという宇山の自宅にも行かなかった。

住宅街を通る小さな川は、国道の下に潜り、商店街の南側で海に注いでいた。魚や蟹がいたが下水が流れ込んでいるので釣りをする人もおらず、学校や親からも、川で遊んだりはしないようにと言われていた。それでも、干潮で水が少ない時に岸の石垣から伸びる階段を降りてゆき、浅瀬でボラの子やハゼを掬ったりする男子もいて、女子から口も利いてもらえなくなったり、先生に言いつけられたりしていた。田辺先生が、あの川には近づかん方がいいですよ、よくないです、非常によくないですよ、とずっしり言ってのけると、いかにも祟りか何かありそうに感じられた。

川の傍を通る時、宇山が、石垣から川面を見下ろしていた横顔を、覚えている。

「海につながってるんだよね。あの魚も海の魚だね。」

「ボラだから、どっちかっていうと海の魚だな。」

「海に行けるよね。」と川がトンネルになって国道の下へ入ってゆくところを、宇山は指差した。

「これくぐっていったら海に着くね。すごいね。」

私は上の道路を、まるで自分が造ったとでもいうように顎で差し、

「道、歩く方が早いよ。」

「違う。海とつながってる川の方が道よりすごいよ。」

「何が。」

「全部とつながってるから。」

この川の水が海につながっていて、海は世界とつながっている、というような意味だったのだろうが、いま思い返してみると、水を通じて世界がつながり合っているというだけではなさそうだ。全部と言ったら、どこまでも本当に全部なのだろう。水とか川とか海とか世界ではなくて、宇宙とか時間とかとも違っている全部だ。つまり、その時見えていた川面とそこを泳ぐ魚、そういうものが、私たちにとっての、この世の何もかもだったのだ。下水が流れ込む、いまではもう全部暗渠になってこの世の何物でもなくなってしまったかのような川が、一緒にいて楽しいわけでもない宇山と見ていたあの時には、確かに。


「行ってみない？　今度の日曜日、川から海まで。」

　二人で石垣から伸びる急な階段を伝って川まで降りた日に、宇山が言った。丁度海から潮が満ちてきていて、石垣と川との間にはわずかな砂地が出ているだけだった。浅い時にはいないボラの二、三十センチくらいのやつが早くも上ってきていた。鱗が光ったり、水面から空中へ軽く跳ね上がったりするのを岸が水没するぎりぎりまで見て、階段を上まで戻り、いつも別れる国道の手前で、そう言った。

「はあ？　いやだよ絶対。」

　しかし宇山は勝手に、

「さっきの階段に一時。」と言って帰った。

それから日曜日までの間もいつも通り川の傍を歩いたが、宇山は約束のことを何も言わなかった。私の方も改めて訊きはしなかった。もう一度、行かないとはっきり言っておいた方がいいか、と迷った。でないといやいやにしろ、行ってしまいそうだ。いやなら行かなければいいだけなのに、なぜか、どうしようこのままだと行くことになってしまって面倒だなと考えていた。だいたい、田辺先生から宇山のことを頼まれた段階でいやですと断るか、分りましたと答えてあとは無視するかでもよかったのだ。

土曜日の夜に母から、明日出かけるけどあんたも来る？　と言われた。母の同僚のその また知り合いが寿司屋で、そこで昼御飯にしようと誘われたらしい。私も前に行ったことがあり、寿司もだが天ぷらが出ておいしかったのを覚えていた。私は、友だちと約束があるからと言うのに加え、川に入って海に行くとまで丁寧に告白し、当然、何ばかなこと言ってるのと止められた。

「その転入生、どういう子なの？」

「かなり変なやつ。」

先生から宇山のことを頼まれたいきさつまで、全部喋った。

「なんなのそれは。いいから、川は絶対やめなさい。その子とも遊ぶのやめなさい。」

「遊んでない。」

「とにかくやめなさい。」

次の日は母と出かけた。

それからは、宇山の方が私を避け、一緒に帰らなくなった。田辺先生からも、

「もう心配してもらわなくても大丈夫だからと宇山君が言いに来ました。」と言われた。


小学校を卒業する前に宇山が行方不明になるまで、同じクラスになってももう近づきはしなかった。宇山には友人が何人か出来た。風間たちから何かされたり言われたりすることも減った。

田辺先生は私が四年から五年に上がる時、定年退職した。全校生徒を前にした挨拶で、

「宿題はその日のうちにきちんとやっておいたなら明日の力になります。そうやって少しずつ生きて下さい。少しずつ幸せになっていって下さい。絶対戦争に行かんで下さい。行けと命令もせんで下さい。全くもってありがたい限りでございました。」

やっぱりパッとしない終り方だった。このなんだか締りのないぼんやりした人が、B-29の空襲なんていう体験を本当にしたのだろうか、だとしたらもっと緊張感のあるきびきびした人になってる筈なんじゃないだろうか、とその時は思った。何年も経って、違うかもしれない、戦争がなかったら、もっと緊張感のある、パッとした人になっていたのかもしれない、パッとしないからこそ、どうにか戦争と、そのあとの世の中を生き延びられた

のかもしれない、と考えた。

六年生の秋に、宇山はいなくなった。川で一人で石を投げたりする姿を、近くに住む人が、それまでに何度か見ていた。行方が分らなくなった日の目撃者はいなかったが、川岸の砂地にはあの白っぽい野球帽が落ちていた。警察や同級生の親たちが川や海岸を探したが見つからなかった。川が国道の下に潜っているトンネルの天井のコンクリート部分がところどころ剝がれ落ちているのがその時初めて見つかり、それを引き上げてみてもなんの手がかりもなかったそうだ。

宇山を探すためのビラが駅前で配られたり、街のいろんなところに貼られた。いつまでもいつまでも貼られていた。

悲しんだり泣いたりした記憶はない。あの日曜日、約束通り宇山は川へ行き、一人で海へ向ったのか。あの日、もし私が川へ行っていたら、その三年後にいなくなったりはしなかっただろうか。

そんなわけはない。あの日曜日に宇山がいなくなったわけではない。私が行かなかったことと行方不明は関係ない。事故ならなおさらなんの責任も、私にない。事故ではなかったとしても、責任はない。ない、ない、と言い聞かせると口の内側を嚙んでしまい、血が出ることもあったが、いつかしなくなった。

田辺先生は、いじめを扱った小説で私が作家デビューした年の暮に亡くなった。教え子の小説を読めるのは望外の幸せ、と言っていて、でも最初の方に目を通すしかもう力は残っていなかったと同級生から聞かされたのは、葬儀のあとだった。自宅を訪ね、骨壺に手を合せた。夫である、頑丈そうな体つきだが手摺に頼って生活している男性が、家内に代って御作を拝読しました、と言った。少しピンボケの遺影だった。

風船

読者から手紙が来ることはあまりない。単行本が一冊出て、せいぜい二、三通といったところだ。文庫本になった時点で改めて感想を貰うこともある。肯定的な反応もあれば、人に勧められて読んだが文章が古めかしくて理解しづらかった、と正直に書く人もいる。

手紙は出版社気付で届き、中に危険がないかどうかを見るために編集者が開封し、文面にも目を通してから転送してくれる。なので、これは著者の目に触れない方がいいと判断して、私のところへは届けないという場合もあるだろう。

私はパソコンもスマートフォンも持っていないが、ネット上には、作家やその作品に対する全否定、罵倒が溢れているらしい。プリントアウトしたものを私も見せてもらったことがある。やはり編集者が気を遣ってかなりましな感想を選んでくれたのだろうが、それでもそうとうなもので、最後まで読む勇気が自分にあったのは驚きだった。純文学より読者の数が多いエンターテインメントの作家であればもっと激しい賛否にさらされ、漫画家となるとさらに厳しくて、初めは連載誌の巻頭近くに置かれていても、読者の反応がよくないと号を追うに従ってうしろの頁に回され、読者の要望や編集者の指示によってストーリーを変える、そして最悪の場合、連載打切りとなる。

漫画誌ではないがある週刊誌の編集長経験者が、売れない本はゴミだとネット上の純文学批判よろしく口にしているのを、テレビのドキュメンタリー番組で見た時も、不思議と怒りは湧かなかった。書き手である私の想像ではおそらく思い描けないほどの時間と体力の消耗を編集者に強いた結果、本が売れないとなったら、私の小説が編集者の健康と人生を侵食していることになる。自分が仕事をすればするほど他人が苦しむことになる。

生きてゆくため、食べるために書いた小説が誰かを苦しめるのであれば、仕事を変えるか、生きてゆくこと自体から冷静に手を引くしかないと、冷静でなく衝動につつかれて、実家にいた頃、ネクタイで作った輪の前で二時間も迷ったり、道を歩いていて、はっきりと決意した記憶はないが走ってくる大型車の前に出ようとしていたらしく、通りがかりの知らない人に肩を摑まれ、どうしました大丈夫ですかと言われたりした。自殺寸前のところで止めたというより、非常に不可思議な、よくもなく悪くもない行動を取ろうとする人物に、なんでまたこんなことしようと思われたのですかと好奇心から訊いてみただけ、という顔を、その時の男はしていた。

売れないのを理由に、また編集者への迷惑をダシに死のうとするのは、売れている作家がふんぞり返ったり、打率のいい週刊誌の編集長が売れない本をゴミと呼ぶよりもずっと薄汚ない。だったら汚れた死を選んでしまえばいい。売れない小説を書いて生活が傾いてゆくのは自分一人なのだから、自分を、自分の人生から解放してやればいい。自分が生きていることが自分自身の負担になっているいまの状態を、いったい誰に対しての当てつけとして、効き目なんかないと分り切っている投薬みたいに続けなければならないだろうか。

ここで私はいつも、見も知らない、数の限られた読者を利用する。一冊につき数通ではあっても丁寧に手紙をくれる人がいる、かなり深刻な生活を送りながら読んでくれる人もいる、そういう読者が途切れない以上、命を返上するのは、全くの裏切りではないか、それにだ、売れているわけでもないのに仕事の依頼があるなど好運以外のものではない、実力がないならせめて運にしがみついて生き延びればいいじゃないか、と言い聞かせる時間は虚しい。虚しいという言葉には、死んでしまったという意味もある。だが、わずかな読者を利用してでもどうにか生きられるのだとしたら、情なくはあっても、虚しくはない、と言えないだろうか。読者の存在が本当にありがたいと私が言っても、あの元編集長は、決して私の読者をゴミとは言わないだろう。

しかし、私は戸惑った。今回読者から来た手紙についてである。各出版社の担当編集者というのは、文芸誌と単行本と文庫本の部署に分れている。文芸誌を熱心に読む人はそう多くないため、手紙は単行本か文庫本の担当者を経由して届くことがほとんどなのだが、今回は文芸誌の編集者からだった。単行本になる前の文芸誌掲載の段階で読むというのはよほどの文学好き、文学通であり、かなり年季が入っていて、一家言あり、他人の解釈には耳も貸さないという雰囲気が文面に出ていることも多い。

今回も編集者からの、お送りするのをややためらったのですがとメモが入っていたのだが続けて、何しろ差出人の名前が名前だったものですからとあった。出版社気付の封筒の裏には都内の住所のあとに、Gというイニシャルが書いてあるのだった。

短編のネタを探していた時期にたまたま電話をかけてきた母から、学生時代の友人の息子であるGが東京で行方不明になった、そっちに住んでるあんたが探すということは出来ないものだろうかと頼まれた。Gは文学好きで私の小説も読んでいた。私自身は忘れていたのだが、将来作家になりたいというGに、期待してますと伝えてくれと、母に言ったことも、どうやらあったらしい。

そういう縁はあるものの、私に探してくれとは無茶な話で、迷惑に感じながらも、作家としての私はこれに飛びつき、母から送られてきた情報をもとに、Gのアルバイト先を訪ねたりし、その過程を短編に仕立てた。Gを探そうとするのも、小説を書くための手段だったことになる。

文芸誌に載ったその小説を読んだGからの手紙には、まず、自分の失踪で田中さんをわずらわせてしまって申し訳ないとあり、短編の感想が淡々とした文章で書かれていた。決して一人よがりの聞く耳持たないものではなかった。黒く細いペンの縦書きで、一画一画がやや神経質な印象だった。一度、直接会いたいとも書いていた。

普通に考えれば、G本人ではない。短編にはGというイニシャルしか使っていないが、もし本人が私に連絡を取りたいなら実名で手紙を書くだろう。そうでない以上、これは、小説に出てきた名前を使って作家をからかってやろうといういたずらだ。もっと悪い方へ考えるなら、登場人物の名を借り、というより人物になり切って作家本人に接近しようというストーカー気味の狙いとも受け取れる。会えば危険なことになる可能性がある。

そこに書かれた〇九〇で始まる番号を見て、それともこれは案外なんの裏もない、ごく控えめで素直な手紙なのだろうか、と試しに考えてみる。ネットのことなどよく分っていないので、逆に試しの考えは広がる。つまり、ネット上のサイトで見知らぬ相手と知り合うことの延長、もしくは枝葉のようなものなのではないか。手書きの文章にいきなり番号が書いてあるからなんとなく怖い感じもするが、ネットにつながっておらず、当然ホームページもなくSNSもやっていない作家とどうにかつながろうとするには、ストーカーとも受け取られかねないこの手段しかないのかもしれないではないか。

Gというイニシャルを使っているのは確かに怪しい。ネット上で知り合った人物同士のトラブルも聞く。常識で考えればやはり無視すべき、危ない手紙だ。だが、そうやって勝手に怖がっているのはいまのところ私一人だ。こういう手紙を警戒するのは常識だという考えを他人と共有し、やっぱり誰が見ても危険なのだと納得しているわけではない。

共有する他人といえば、手紙を転送してきた担当編集者は、果してどういうつもりなのだろう。まさかG本人からだと確信しているのではあるまい。Gが、本人であるはっきりした証拠を、または本人になりすました誰かがGで始まる適当な名前の手紙を編集者に送りつけ、田中には明かさないでほしい、と頼んだわけでもなかろうし、編集者がそれを丸呑みにしたとも考えられない。相手がG本人であれ別人であれ、私が自分の責任でこの人物と接触しても構わないと、編集者は半ば以上こちらに判断を委ねているのだ。いや、委ねられているのだと、私が思いたいのだろうか。

この時やっと思い当って、母がGの母親から預ってわざわざ私に送って寄越したGに関する写真や書類を入れてある封筒を取り出し、番号を見つけ、Gの母親が連絡してももうつながらないらしいから意味がありそうにはないが、一応、手紙に書いてある番号と照らし合せてみると、違っていた。

しかしこれでは、手紙の差出人がGであることにも、ないことにもならない。

朝食は、冷凍にしていた飯を電子レンジで温め、お茶と、実家の母が送ってきた梅干でいいか、しかし今日は原稿の追込み、蛋白質があった方がと、納豆を掻き混ぜ、タレと芥子を加え、一気に飯にかける。

実家にいた頃、母は、なんでもバランスよく食べないと、とは言っていたが、蛋白質をという言い方はしなかった。私も、夜に肉や魚で酒を飲み、その分朝や昼は軽くしていた。東京に出てきたあと一緒に暮していた女が、蛋白質が大事だと言った。平日、女は仕事に出ていて私は一人の昼食になるが、今日は何食べたとあとで訊かれ、うどんと答え、なんか乗せた？　と重ねてくる。葱と和布、と言った私を正面から見、仕事の合間によくそれで持つよね、絶対卵くらい入れた方がいい、やる気ないわけ？　と指摘されることもあった。

女と別れたあとも、仕事が忙しい時は朝食から意識して、卵かけご飯だったり、トーストにソーセージをつけたりする。実家では母任せにしていた家事を、女がいた頃は分担してこなし、いまは全部一人でやっていて、それでもどうにか毎日仕事が出来るのは、女のおかげか。

もっとも女の蛋白質信仰には驚かされることもあった。二人で出かけ、映画を観、買物をして、夜はやや奮発して軽めのイタリアンを七時に予約してある。なのに六時前になっていきなり立ち止り、駄目、疲れた、歩けない、蛋白質蛋白質と呟き、通行人からこの二人は何があったのだろうかという視線を浴びながら周囲を真剣に見回し、喫茶店に入り、もうちょっとしたら晩飯だから飲物だけにしとけという私の制止も聞かずにカツサンドを食べ、イタリアンでは案の定、あーあほんとはもっと肉、食べたかったんだけど入んない、失敗した、ショック、と後悔するだけならよかったのだが、店を出たあと、女はまたも真剣な、正義を宿してでもいそうな目つきで、

「さっきカツサンド食べるって言った時、なんで止めてくれなかったの？」

「ん？……止めたよな。飲物だけで我慢しろって、かなりしつこく言っただろ。」

「言った。でも言っただけ。結果的に止めてない。」

「結果的に？」

「私、カツサンド食べちゃったでしょう。あなたがもっとちゃんと止めてくれてれば、こうはなってない。」

「だから、やめとけってさ、何度も止めただろうがって。」

「ち、が、う。」と言いながらゆっくりと目を閉じて開け、「あなたは私を止めてない。言っただけ。やめとけやめとけって上からものを言ってただけ、だよね。」

「上からって、だってさ、止めてほしかったって、いま言っただろ。だからあの時俺は止めたじゃないかって話だろ。」

「何を聞いてた？　いつ私が、止めてほしかったなんて言った？　ほしかった、なんて。」

「だから、いま……」

「ほしかったなんて一度も言ってない。なんで止めてくれなかったのかって訊いたの。なんであなたは結果的に私がカツサンドを食べるのを止められなかったのか。そういうこと

でしょう。ちゃんと私の話、聞いて。お願いだからちゃんと考えて。あなたは自分でお店を予約した。だったらおいしく食べられるようにちゃんと状況を設定してくれなきゃいけないでしょう。」

「状況設定……」

「はい、ま、た、ち、が、う。状況設定なんて言ってません。状況を、設定、してくれなきゃ、いけない、あなたが。」

「……だけどカツサンド食べたいって言ったのはそっちだろ。」

「食べたいって言った時点ではまだ食べてなかった。だからあなたは、蛋白質食べないと持たなくなってる私に、いまカツサンドを食べることがどれだけ夜の食事の障害になるかを、いい？　やめとけって上から野蛮に命令するんじゃなくて、論理的にきちんと説明すべきだった。あの時の私が、なるほどいまカツサンドを食べるのは絶対自分のためにならないんだ、間違ってる行為なんだって納得出来るだけの冷静な論理を、あなたは展開してくれなかった。」

「俺の、責任、てことか。」

「何それ。私がいつ責任の話をし、ま、し、た、か。あなたは責任が取れるほど偉いの？　取れもしない責任を取るってさ、私をばかにしてる？」

別れたあとも蛋白質の習慣は私に残って、今朝も納豆だったわけだ。義務的に食べ、義務的に仕事。気絶なし。吐き気なし。

昼に炒り卵をトーストに乗せて食べ、いつもする昼寝の時間はないと言い聞かせて机に向ったものの進まず、だったらやはり短く眠ればよさそうなのに、編集者から転送されたGを名乗る手紙を読み返している最中に思いつき、プラスチック製の大きな抽斗の中に、自分の小説が載った文芸誌などと一緒に入れてある、これまで読者から貰った手紙の束を、久しぶりに取り出した。五、六十通といったところか。とりあえず上書きだけを、今回の手紙の封筒と見比べてゆき、似た筆跡のものは中身にも目を通した。

悪い予感が当った。同じ文字の手紙が見つかったのではない。何かの必要があって書類を探る場合の絵に画いたような図式に捕まり、文字を確認するよりも、これまで貰った手紙を読む方が目的になってしまったのだ。途中からはもう上書きに関係なく中身を引っ張り出していた。比較的穏やかで好意的なものから、現在読者自身が置かれている過酷な生活と私の小説とを重ね合せていたり、またGがそうであったらしいのと同じく、作家になりたい、出版業界を目差している、といった内容もあった。

貰った直後に一通ずつ読んでいた時と違い、こうしてまとめて読んでみると、重たく感じられる。自分はひょっとするとこの人たちの人生に、少なからず責任があるのではなかろうか。こちらはただ生活のために小説を書いているのであっても、作家の懐具合など読み手にはなんの関係もなく、ただ読みたいように読み、小説を自分なりに噛み砕き、再構築したりするだろう。私自身が読み手でもあるからよく分る。

ただ、私は作家なので、他の作家の小説から受けた刺激を自分の仕事に反映させることが可能だ。極端な話、ちょっとしたアイデアや、文章そのものを、盗もうと思えば盗める。作家ではない一般の読者は、小説を再構築したあと、自分の人生や仕事にいったいどう反映させるのだろう。何を盗み取るのだろう。私が他の作家からこっそり盗んだ時に覚えるかもしれない快楽や罪悪感など、読者は感じようがない。

絶妙な筋立によって読者を引っ張ってゆく種類の小説と違い、私は自分の書きたいように書き、筋のことなどあまり考えない。計画表のようなものを一応作りはして、登場人物の特徴を書き出してみたりもするが、いざ書くとなったら事前に決めたことを素っ飛ばして、ただ書いてゆく。そうでないと進まない。書き進めるというのは、計画表を無視してこそ出来る行為だ。

無視するためだけに計画し、実際に無視し、従ってせっかく練ったストーリーが見る見る破綻し、とても小説とは呼べない奇怪な、分りづらい、読者を無視した文章となり、単行本になる時にはその無残に難解な作品を、芸術、孤高、実験的、といった宣伝文句で飾らなければならなくなる。その作品を、こうして手紙を書くほどまで読み込んでもらえるのは、ありがたいことではあるのだが、文学という名を持つ私の一冊から、読者は、本当に何かを盗み得たのだろうか。

などとやっているうちに夕方近くになってしまった。似た筆跡はいくつかあった。差出人の名前はGの実名ではなかった。住所も、Gを名乗る手紙とは違っていた。時間を完全に無駄にした恰好だが、もし今回の手紙と全く同じ筆跡を見つけたとしたらそれはそれでちょっと怖いだろう。その場合、以前に手紙を寄越した読者が私の新作を利用してGを名乗ったと考えるのが当り前だが、逆に数年前に別名を使ったGが、小説に書かれたのをきっかけとして、私が作中で書いた本人のイニシャルをそのまま使って手紙を寄越したことにはならないか。しかし結局同じ筆跡はなかったのだから考えるだけ無駄だ。

いまさらだが、小説の中にGというイニシャルを出したのは迂闊だった。私自身を登場させていることもだ。まるで、Gと田中についての小説、田中がGのことばかり考えていると告白する小説であるかのようだ。

夜までの短い間は仕事に集中出来た。いつも通り、計画を無視して。

寝る前、別れた女に電話してみようかと思ってやめた。Gと女と、私はどちらにも意識を向けていて、いまのところどちらにも手は届いていない。

連載長編の原稿料が入ったので飲みに出た。とはいっても夕食そのものは家でカップのうどんをすすり、それで腹を作ったことにして出かけ、線路の向う側にある飲み屋街の、そう奥地ではない場所の、時々行くバーに入った。まだ早い時間で、いくつかあるテーブル席の一つに会社帰り風の二人の男がいるだけだった。カウンターにはまだ誰もいなかった。

ジントニックにし、私の仕事を知っているバーテンと、うしろの二人組に聞かれてもいいむしろ聞いてくれた方がいいというくらいの気持で、こういうとこはほんとは外で一日真面目に働いた人が家に帰る前に寄るとこだよね、自宅でのろのろ原稿書いたあとで来るってどうなのかねと言い、それから、一度だけワイルドターキーを飲んだ時のことを話した。

実家にいた頃は家賃を払ういまの生活より余裕があったので、飲みに出る機会も多かった。その頃から、一日に一度は必ず鉛筆を持って何か書こうとしてみる習慣があり、丸一日何もしないということはなかったが、締切りよりいくぶん早目に原稿が書けたり、ゲラが送られてくるまでに数日ある時には、次回分の原稿を午前中だけやり、短いとわずか一時間も経たずに出かけ、隣街へ行って映画を観たり、大小の書店を梯子したあとどこかでコーヒーを飲みながら本を延々と読むのが、いま思い出してもかなり贅沢な過し方だった。読みたい本を読みたいだけ読むなど、実家の頃の倍のペースで仕事をしても銀行預金を崩す月の方が多いいまの東京暮しから見れば、とても自分自身のこととは思えない。

翌日は、少なくとも午前中は潰れていても大丈夫という余裕があれば、隣街でそのまま食事をしてビールを二杯くらい飲み、最後はバーで、それでもだいたい日付が変る前には引き上げていた。

その日観た映画に、ジェフ・ブリッジスが出ていた。カウボーイだったか、あるいは落ち目に入り込んだミュージシャンだったか、この二つはずいぶん違うが、初老の飲んだくれ男の役であったのは間違いない。人間が再生してゆく話だった。タイトルや細かいストーリーは覚えていない。相手役の女優が誰だったかも。そういう役の女優は登場しなかったのだろうか。焼が回った男にうんざりして別れ、また戻ってきて、あるいは男に依存するがごとく最初から最後までべったりくっついて離れられなかったりする女。映画の中より現実でこそありきたりな構図を勝手に作って記憶を補っているのか。自分はもともと小説や映画の、筋や人物同士の関係や台詞を、すぐに忘れてしまう。作家にしろ編集者にしろ、一度読んだだけの小説の細部を覚えている人が多くていつも驚く。私は四、五回読んでやっとというありさまだ。そうやって何度も読む時間があったのは実家にいた頃までで、東京へ出てきて仕事が増えてからは、読みたいもの、次回作の資料として読まなければならないものを、一回読んだ切り、再び手に取る時が来るとも思えないまますぐ次へ移ってゆき、やはり内容を忘れてしまって、あとに何も残っていない感じがする。

その映画で、ジェフ・ブリッジスがワイルドターキーを飲んでいたのだった、と思う。あるいは全く別の映画か、小説か、どこかに出ていた広告か何かか、あるいは飲み屋で他の客が注文していたのだったか。

　映画のあと何か食べて少し飲み、その頃いつも行っていたバーで、初めはジントニックかハイボールだっただろうが、二杯目に、ワイルドターキーの、一番スタンダードなやつをロックで、と頼んだ。いまほどウィスキーに慣れていなかった。

　口をつけた途端、後悔した。なんだこれは。いったい何が楽しくていつもこれを飲んでたんだ、全く、ジェフの野郎ふざけやがって。日本人をからかってるのか。アメリカ男は飲んだくれの落ち目でもこのくらいの酒は普通に飲むんだよ、落ち目になればなるほどね、か？

　飲みにくいとかクセがあるとかの問題ではない。スコッチのようにスモーキーというのでもない。ただ、強くて固くて厚い。とにかくただただ、強力な何かが迫ってくるのだ。液体ではない。これは、壁だ。含んだ瞬間、口の中に壁が登場し、強固なのにまたはそれ故に、口の内側いっぱい、歯の隙間にまで素早く入り込んできっちりと埋め、喉を押し広げて進軍してくる。胃はびっくりする暇もなく、叫びさえ許されず、反撃の余力も降伏の決断も何もかも奪い去られ、ひたすら猛攻に耐えるのみ。ボトルのラベルに描かれた七面鳥はどう見ても自らの命を我が世の春とばかりに謳歌している。なんだ、絵のくせに！　鳥のくせに！　お前が味わっているのは偽りの平和だ！　こっちの体はいまや完全な廃墟と化そうとしているのに！

こんな筈ではなかった。せっかく仕事の区切りがつき、ゆっくりと映画を観、一軒目では生命力に溢れた生ビールで気持よく体を浸した。この店でも、最初の一杯は爽かに刺激をもたらし、しかし決して戦闘には至らず、友好と緊張が均衡し、うまく対峙出来た。なぜいまになってこんな目に遭わなければならないのか。勿論こいつで最後にするつもりなんかないが、これだけ容赦ない戦火を浴びては、このあとの相手がなんであれ、続行は不可能ではあるまいか……

しかし、私だって氷が溶けるのを待っているだけではなかった。壁と分っているやつを次々に流し込んだ。これが、窮地に追い詰められた敗軍の一兵卒の、せめてものやり方だった。さっさと降伏して他の酒に移るのではなく、徹頭徹尾敵の攻撃を受け続けることで、目の前のタンブラーを早いこと空にしようと、無茶を実行したのである。敵を完全に受け入れ、壁の厚みと重みで自分自身の貧弱を感じ、一方的に叩きのめされ、無残に敗北し、自分の名においてこの相手とは二度と戦火は交えないと誓うこと、誓わざるを得ないこと、弱々しい不戦の歌を調子っ外れに歌うこと。あの時、他にどんな方法があったというのだいったい。

次の日は、酒の飲み方を全く知らなかった頃、単行本刊行の印税が入り、つまみもなしで手当り次第にやってしまった時みたいに、午前どころではなく、午後二時頃まで寝ていた。吐こうにも何も出なかった。壁など一度も築かれなかったかのように。一人で勝手に戦って勝手に敗れたかのように。

それ以来怖くて飲んでないんだよと平和に思い出話をしているうちに、ジントニックはなくなった。では久しぶりに召し上がられますか、無理にとは申しませんがと訊かれた。

まだ酔ってはいなかった。カウンターの遠くに髪の長い女が座っていた。テーブル席には男二人組に加え、若い男と女がいて、一人で喋ってばかりの男は、はっきりと投げやりな相槌を打っている女の態度に自虐的に力を得て、言葉が止らなくなっていた。羨ましかった。ジントニックもう一杯と言った。

ワイルドターキーは何年前だったか。本当にその映画を観た日の帰りだっただろうか。映画よりずっと前に飲んでいたのを、間違って記憶しているのではなかろうか。それとも全然別の映画か。でなければ映画とはなんの関係もなく飲んだのを、こんな強い酒は映画でジェフみたいな男が飲んでいそうだと思い込んでいるのか。やっぱり私は、細部を覚えていない。小説や映画のストーリーに限らず覚えられない。ワイルドターキーを飲んだこと、ジェフの映画を観たことは覚えているのだが、それを、果して覚えていると言ってしまっていいものだろうか。カツサンドに関しての女との会話はいまだにはっきりと、一言一句というくらいよく覚えているが、私にとっては理不尽だったあの会話を、おそらくはあまりのはがゆさと情なさのために刻明に記憶しているからといって、なんの役に立つわけでもない。それが記憶の正体だ。その程度の覚え方だ。こうして小説に書いてしまえば、話は別かもしれないが、別ではない可能性の方が高そうだ。

ジントニックを、一杯目より時間をかけて飲み、勘定をすませて店を出るまで、長い髪の女の顔ははっきり見えずじまいだった。そういえば、女はいつからいたのだろう。私がバーテン相手に喋っている間に来たに違いないが、これもまた、よく覚えていない。喋っている中身の、いつワイルドターキーを飲んだかの記憶があいまいなら、喋っているバーで何が起ったかについても飛び抜けてあいまいだ。

自宅のある区画へ渡るため、カンカンカンという音とともに丁度遮断機が下りたばかりの踏切で待っているうち、いつもの虫が起ってしまった。

何か一言くらい書き残すべきだがそこは作家だ、これまでの作品を以て遺書に代えさせて頂きます、というところで上等だろう。

電車が轟音になって近づき、遮断機に手をかけようとして、線路の向う側で待つ人たちの中に、いつか新宿で会った男の子の白っぽい野球帽があり、踏切に入ろうとしていた。

「あ、そうか、そうか。」

電車が目の前を塞いで自分の声が消えた。

開いてゆく向う側の遮断機のつけ根あたりから白い風船が一つ夜空へ上がってゆくのを、歩き出した私は見つめていた。他の人たちも見上げていた。あの男の子は誰にも見えていなかったようだった。

自宅に帰りつき、そうかそうかともう一度呟いてほっとした。今日も死ななかった。死ななかった。あの白っぽい帽子を見たために、今日も死なずにすんだ。

そうか、そうか。白っぽい帽子と死ななかった自分と、白い風船か。なんのことはない、たったそれだけのことで、自分は生きて、小説を書いている。道理で責任が取れないわけだ。女が出てゆくわけだ。

ひよこ太陽

　去年は一度も実家に戻れなかったので、思い切って五月の連休に帰省することにした。来週帰るから、と電話で伝えると、もうちょっと早く言えばいろいろ準備するのに、何、どうしたの急に、と母は心配する口調だった。今年はいまくらいしか日程が空かないから、ととりあえず答えて切った。

　作家はいつ休んでもいいようなものだが、例えば会社勤めの経験がある書き手には、その名残りからか日曜日は必ず休む人もいると聞く。何があっても毎日鉛筆を持つ私は、朝食後のほんのわずかな時間だけ書いてあとは何もしない、というような形で結果的に息抜きはするが、特に休む日を決めてはいない。

　大企業の一応の傾向として、出版社の編集者はカレンダー通りに休むことも多く、よほど突発的な用件でない限りは日曜日や祝日には連絡してこない。だから帰省もそれに合せる方がいい。月の初めで、文芸誌の締切りにもまだ間がある。もっとも、移動中であろうが実家にいようが、一日一度は鉛筆を持つのだから、仕事から完全に逃げられはしないが。

母にはああ言ったが、忙しい間合を縫ってというよりは、意図的に東京を脱け出す、カレンダーを利用して仕事と生活から行方不明になってやる、という感覚が、今回は強い。先日、飲みに出ての帰路、電車の踏切で、妙な、だが何度も味わってきた衝動に捕まってしまったからだろう。電車が来る前、線路の向う側に、以前少しだけ会った、ある男の子の姿を見、通り過ぎたあとはいなくなっていて、彼が被っていた白っぽい野球帽と似た色の風船が一つ飛んだ。男の子はあの瞬間の私にしか見えなかったようだが、踏切を渡る人たちは、夜空の風船を見上げていた。気味が悪く、しかし男の子を見てあっと足が止り、線路に入らずにすんだのだから、ありがたい幻覚だと思っていたのだが、果してどうありがたいのか。

作家になって十数年、仕事中に意識が遠くなったり気分が悪くなって吐いたりするくらい忙しい現世から、仕事の必要がない向うの世界へ行くのは人間として真っ当な選択だと、言ってはならないだろうか。言うだけなら、言ってもよくはないか。日々の仕事の困難から逃げ出そうとすれば、そんなことするもんじゃないとどこまでも咎められ、いつだったか国道で大型車の前に飛び出そうとして通行人に引き止められたように、何がなんでもこっちの世界に連れ戻されなければならないのだろうか。

そうやって頭でこねくることが出来るのも、線路に入らなかったからこそだ。一方で、本当に向うの世界に行ったあとでは、どのような感覚も思考もあり得ないだろうから、いま、生きていてよかったと思う裏返しで、死んだことを後悔する思考、というものがあるわけはない。死体が自身の死を認識するなどということはない。死は、ただ死そのものであり、墓に葬られた私にはもう思考も発言も許されない。もし死者が喋れば、祟りだの化けて出ただのと言われてしまう。無言で地下に留まっているに越したことはない。死の前に本人が味わった恐怖や痛みは生き残った者たちに共有されず、地上にいた事実さえ忘れられてしまうか、忘れられるのとほとんど変りのない、あの人はいい人だった、意地悪だった、こういう声で笑った、あれが好物だった、なんとかの功績を残した、というくらいの記憶のされ方でしかない。最も安らかな死後だ。

自分の場合は、いったい誰がそういった程度の、きちんとした思い出し方をしてくれるか、と踏切の一件のあとも尾を引いてしまい、これはよくない展開だと感じて、帰省を決めたのだった。以前母から頼まれた、Gという男を探す件について直接話そうとのつもりもあった。死とGを理由に故郷に逃げ帰るのだ。

東京駅で、日持ちするかどうかだけを見て土産を買った。

新幹線から乗り換えた夕方の在来線は混んでいた。

東京から持ち帰った鍵で実家のドアを開けると、奥から出てきた母が、

「あんた、いつまで？」

「三泊。電話で言ったろ。」

「今日と、明日と、その次と、ね？」

「だから、三泊。」

顔を見るなりいつ東京へ戻るかを訊く、そう訊かせる、これが離れて暮しているということなのだ。覚えていないが、前回の帰省もこういう会話が最初だっただろう。別のやりとりだとしても、母の心理は恐しく同じだろう。

これも前に帰った時の印象と同じく、住んでいた頃使っていた二階の部屋は、ほとんど変化が感じられなかった。実際、何かが入れ替えられたり捨てられたりはしていそうにない。

机の抽斗には作家になる前の創作ノートや、インクがまだ十分残っているのに書けなくなってしまったボールペンがあった。色鉛筆、画鋲などもいまの東京の部屋にはない。なくても困らない。ここに住んでいた時のことを思い出そうとしても画鋲をどう使ったか覚えていない。昔からこの家にある千枚通しは、柄が手垢で黒ずんでいる。父や母が使ってきたものだろうが、こんな道具で、いったい何に穴を開けてきたのだろう。私はこれを、作家になるために手に取った。市販の四百字詰原稿用紙に書いた百三十枚ほどの小説を束にして、その右肩にこれを突き刺し、貫通させ、さらにグリグリと捻って穴を広げ、荷作り用の白い紐の先を細く捩って通し、綴じ、文芸誌の新人賞に応募した。この抽斗にあるということは、それ以来、少なくとも母は何にも使わなかったのだ。私も、応募した時が最後だったと思う。それがいまだに机の抽斗にある。

作家になるための道具が納められている机が、私がその前に座ることがなくなったのに机としてここにあるのが、虚しい感じだった。もう使われていないものが、使われていた頃と同じ状態で置いてあることがだ。机の上は埃もない。母が今日のために拭いたのか。帰省に関係なくいつも掃除されているとしたら、私が感じた虚しさの原因は机ではなく母だ。自分では使わず、息子がいつ使うとも知れない机の中身に触れず、またその表面を時々拭くのは、私が踏切かどこかから向う へ行ってしまって、間違いなくもう誰もここで書き物などしないのに拭き続けているのよりも、もっと虚しい感じだ。

夕食の時、Gのことを訊こうとすると、ああ、あれはもういいから、と言う。母の学生時代の友人の息子が、東京で行方不明になった。母から、東京に住む私に探してほしいと相談があり、仕方なくGのアルバイト先を訪ねてみたりし、その過程で、白っぽい帽子を被った男の子に出くわしてもいた。帽子や風船は母には話さなかったが、本人かどうか分らないGからの手紙が出版社経由で届いたことは話した。

「なんで。返事なんか書くわけないだろ。」

「どうして。せっかく手紙くれたのに。」

「せっかくってさ、どう考えても危ないだろ。」

「だってあんた、せっかくはせっかくでしょうが。手紙くれた人に返事も出さないなんて、あんたよくそれで作家やってられるね。偉そうに思われるよ。本人だろうが別人だろうが、返事も書かないなんて人に笑われる。」

「どうせ分んないだろうけどね、昔はどうだか知らないけど、いまは、そういうのは警戒するのが当り前なわけ。下手に返事書いて、もし向うがストーカーみたいなやつだったらどうすんの。」

「だいたいあんたはいつもそうやって偉そうよ。だから女の人にも逃げられる。エッセイやなんかに、死にたいとか死にかけたとか書くでしょうが。」

「死にたいとは言ってない。」

「同じことでしょうが。ああいう書き方はだいぶ偉そうよ。死のうとしたって言えば人が同情してくれるって思ってるんでしょうが。自殺した昔の有名な作家の人たちと同じくらい、自分が偉いと思ってるんでしょうが。」

「偉そうにしなきゃやってられない場合も確かにあるね。」

「やってられないならやってられないでいいじゃないの。偉そうにするよりは何もかもやってられない方がどれだけすっきりするか。」

「やってられないから死のうとしたんだよ。それじゃ駄目だから偉い偉いって言い聞かせて、どうにかこうにか、気ィ失いそうになりながら仕事してるから毎月金も送れてるんだけどね。」

「ほらまたそう言う。あんたが偉かろうが偉くなかろうが、何？　気、失う？　そんなもん失おうが失うまいが、たった一人の親に金も送らないなんて許されるわけない。人が笑う、人が。」

「でもさ、ほんとに俺に万が一のことあったらどうする？　生活費、年金と貯金で足りる？」

「あんた親を脅すの？」

「自分で自分を偉いと思って、親でも脅さないと、やってられない。」

「でも脅しが脅しになってるかね。本がたくさん売れてる作家がそうやって言うんなら恰好つくけどあんた程度じゃあね。」

夕食の豚カツといさきの刺身とポテトサラダと焼茄子は全部食べた。揚げ物は東京の一人暮しでは作らない。いまの母もそうだろう。

食卓の横の壁に、日めくりが画鋲で留めてある。

白飯、いりこだしに豆腐と和布の味噌汁、卵焼、納豆、ししゃも、浅漬、味つけ海苔の朝食。二階の自分の部屋の机で仕事をするが、朝からこれだけ腹を太らせるのは日頃にないからか、眠くなり、しかし集中しようとすれば持続し、書ける。捨てる部分も多く、その分また書く。東京に戻って読み返したら全部捨てたくなるのかもしれない。

書いて捨ててをかなりくり返した感覚だったが、鉛筆がどうにも動かなくなっても、まだ昼には間があった。一区切りと言えばそうだがガス欠かもしれない。あれだけ食べたあとにそれはないか。単にいつも通り行き詰っただけ。

抽斗を開けてみる。高校の数学の授業で使っていたノートが、途中から小説になっている。最後まで使い切らなかったノートを、もったいないからと習作用にしたのだろう。しかし小説が書けるほど頁が余っているのも妙なことだ。黒板に書かれたことを一文字漏らさず写し取らなくてもテストの点数は大丈夫だと踏んだのか。本来の勉強嫌いの下地が出、成績が下がろうが、授業なんか真面目に受けたくないと途中で放り出したか。それともこのノートが気に食わなくなって別のものに変えただけか。どんな名称で呼ばれるのかいまでは全然分らない数式が書いてある同じ頁の最後のところから、もう小説が始まっている。高校生の頃から小説を書いていたという記憶はないが、数式と小説が一つの頁に書かれているのは、何かをひどく急いでいた若く窮屈な日々の暗い証拠だ。何を急いだのか。

テーブルに置かれた茶碗やポットの描写。この部屋の窓から見た風景も書いてある。小説らしい筋立はまだ作れないので目につくもの思いつくものをとにかく書いた、という風だ。だが、食卓や風景が続いたあと、人物が登場する。女は台所に立って庖丁を使っている。私は女とテレビとを交互に見ているうち、どちらがどちらなのか見分けがつかなくなってゆく。人間と電化製品の違いが分らなくなるのだ。でも女は長いスカートを穿いている。足首が見えていて、アキレス腱の部分が彫刻刀で削った生木のようだ。そのうしろ姿を見ただけで、女がこれから出す食事に毒が入っているのだと私は確信する。女とテレビの違いはこれだ。テレビは食事に毒を入れない。私が吐いた血が女の白い足にも散る。女は風呂場で血を洗い流し、警察に電話する。

この文章の中で、確かに書いたとはっきり記憶しているのは女のアキレス腱だった。他の部分は、果してこんなこと書いたかと疑わしく思える。他人の文章を読むようだ。

アキレス腱の描写は、作家になってからまた使った。男と女の一対一の場面ではなく、駅のベンチに座った主人公の前を通り過ぎ、その後のストーリーには関らないほんの一時の通行人、その足を書いた部分だった。

全く関係ないことをあっと思いつき、ノートに書かれた、断片の集まりという印象でありながらどうにかつながっている文章を追う途中で、昼が出来たと一階から母が呼んだ。思いつきが頭から離れないままでうどんを食べた。東京では、外で食べてもスーパーにもなくて、このあたりでは普通の、断面がやや平べったい四角をしている柔かい麺に、煮た牛肉と葱と蒲鉾。鰹節を表面にまぶした握り飯。母はうどんだけで、肉は乗せていなかった。

親族や知人から母が預かっていた私の単行本にサインしていると、近所のあの店が潰れた、本屋も、バスに乗らなければならない大型商業施設の中にしかないから、あんたの本が出てもそこまで行くのが大変だとこぼすので、本なら出る度に送ってるだろと言うと、誰もそんなこと言ってない、あんたの本が店に並んでるかどうか家にいたんじゃ分らない、作家のくせにそういうことが気にもならないのか、自分の仕事の結果にもう少し関心とか責任を持ったらどうか、いつまでもそういう具合だから売れる小説が書けないのだ、一人よがりではなくて読む人間のことも考えた方がいい、周りの人たちはすごいねすごいねって言ってこうやって本も買ってくれるけど（とサインした本に手を置いて）、正直息子さんの書くものは難しくてよく分らないという人もいる、どう説明すればいいんだか迷ってしまう、難しいから価値があるんだって言っとけばいいの？　と一言も挟ませないので、そう言われちゃどうしようもないね、ちょっとやらなきゃいけないことあるから、と立った私に、もっとちゃんとした小説書かないと、とうしろから言った。

思いついたことを確めるために、数式のあとから小説を書いているものも、最初から小説が書かれている別のノートも読んでいったが、白っぽい野球帽を被った人物は出てこない。

これは無理な話だ。新宿で白っぽい帽子の男の子に会ってから、同じような帽子の別人を他の場所で目にしたり、思い出したりした、その不可解な一致の根拠を、これらのノートの中に求めるのは間違っている。

とはいえ、ここのところ私の前に帽子が現れたり消えたりしているのだし、そういうや混乱した状態が続いた果に線路に入ろうとまでしてしまった。逃げ込んだ実家で開く昔のノートの中にもし同じ帽子が出てきたら、もうどこにも逃れようなく怖い。だが、ここに住んでいた頃、この部屋の天井裏で、ネクタイで首を吊ろうとしたことがあった。それは、このノートのどこかに書かれた帽子の妖気みたいなものの仕業ではなかったか。いまに続く死への衝動と行動のもとにもなってはいまいか。

もう一度ノートをざっと見たが、白っぽい帽子はない。

夜、駅前で寿司を食べている時に母が、

「こないだ載った短い小説に出てくる白い帽子、あれ、前に黒い帽子のこと書いたでしょ、あれの別のパターンなのかね。」

「黒い、帽子？」と、私はまだ分らない。

「何、あんた自分が書いたものを覚えてないのまさか。ほらほら、あれ、なんだっけ、黒い帽子を、盗むんだったか、盗もうとして、そうそう、結局盗まないんじゃなかったっけ。だいぶ前のやつね。」
七、八年くらい前に、確かに書いたことがあったのをいまやっと思い出した、というの

を母に悟られたくなくて、

「いや、そこは、当然意識はしたけど別パターンとか、そういう感じではないね。」

「前のやつとは全然関係ないわけ？」

「だって全然関係ない話にしてあるだろ。」

黒い帽子の小説をいままで本当に忘れていた。かなり苦しんでどうにか仕上げた無理やりな作品だった。その無理が、いま白っぽい帽子になって私を蝕むのか。

ここは大丈夫だからと言う母を、他の客にも聞えるくらいの声で押えて私が会計した。


朝は雨の音で目が覚めた。目が覚めたら降っていたというのではなかった。まだはっきりと覚めていない段階から、意識の外側のぼんやりした感覚で音を聞いた。初めは、雨というより水の音だった。夢の中で大きな魚を釣り損ねていた。細い釣竿がとても持ちこたえられそうにないほど大きく曲っていたが、折れる前に魚が針から外れた。竿が無事だったことに私はほっとした。魚が逃げた川か湖かの水音が、目覚める直前に雨になった。起きる前に、夢の水音に導かれる形で現実の雨音を聞くのは、小説に書いた時は黒かった帽子が白っぽくなって現実に現れてくるのとよく似ていそうだ。

自分が生きていることが自分自身の負担になっている、という時々やってくる感覚が、なぜか雨の音の中に湧く。予報を大きく裏切って降り出した空模様についてテレビでは、空が理不尽に傾斜したため、とかなんとか伝えていた。傾斜というのは比喩ではなく、空間そのものに割れ目が出来、その一部が、剝がれかけの天井板みたいに、本当に傾き、開いた隙間に太陽が隠れてしまっている。夕方くらいまで全国的にこの状態が続く。非常に珍しい現象であり、国内では過去に二回だけ観測されている。これほど広い範囲で起るのは初めて。発生のメカニズムは解明されていないが、恐らく空を造った神ではなく、空自身の怠慢が原因。この傾きが元に戻るには空が自らの責務を認識し直さなければならないだろうとの話だ。人間が空を正すために出来ることは何もない。

しかしそんなことばかり言っていたのでは雨はやまない。今日は出かける予定があるので降りっ放しは困る。だが、予報では傾きへの具体的な対処方法は発表されない。

玄関先で背伸びをして、差した傘の横から腕を突き出し、空の傾きを直そうとしてみた。母が家の中から窓を少し開けて、

「駄目駄目。さっきやってみたけど言うこと聞かない。待つしかなさそうよ。」

その通りで、空の端の方を手で押し上げればほんの一時的にはもとに戻るが、すぐまた剝がれて、雨が降ってくる。傾いた空の隙間から覗くと、太陽がひよこみたいにただおどおどしているばかりだった。帰省なんかするんじゃなかった。なんのことはない、数年前に家の天井裏で決行出来なかったのは今日、このひよこを見るためだった。ひよこの太陽が空の天井裏で、世界中の自殺志願者の震えを引き受けておどおどしているのだ。

高校時代の同級生から電話があり、空が全部剝がれ落ちでもしたら危ないから、残念だけどまた今度にしよう、と言う。急な帰省に合せて声をかけた割に、十人くらいは集まれる筈だった。昼に会う予定を夜にずらしてはどうかと提案すると、みんな子どもの世話だとかの、別の用事があるのだった。

母は昼にチャーハンを作り、私に多く盛って、自分はスープを飲んでばかりだった。

午後は、ビールを飲み、母と話しながらテレビのプロ野球の中継を見た。関東は降ってはいなかった。友人と時々食事をしに出かけたり、年に一度か二度は近場の温泉で一泊する、今年の桜もそういう親しい何人かで見た、さすがに量は減ったけどお酒もまだおいしい、あんたは心配しないで毎月の送金さえしてくれればいい、などと母は訊かれもしないで喋った。

球場は降っていないもののやはり空の傾きからは逃れられず、上がった打球の何本かが太陽が隠れている隙間に入り込み、思わぬ場所から落ちてきた。野手が取ればフライアウト、ボールがフェアゾーンに着地すればインプレー、落ちてこなければホームランとして試合が続けられた。一方のチームの、テキサス生れの大柄な一塁手が、震えている太陽を見上げ、肩を竦めてみせた。

母が夕食の買物に出ている間、帰省前からこういう機会を狙っていたかどうかは分らないが、いつ決意したかなど分析したって仕方ないしそもそもなんの決意もしないからこうなるんじゃないかと、太陽の震えの影響で軋んでいる空の音を聞きながら、ネクタイは一本残らず東京へ持っていったので、穿いてきたジーンズからベルトを抜き取る。いつ決意したか分らない割には、持っているベルトの中でも一番細くて柔かいやつをわざわざ選んできてるじゃないか。うってつけの一本を、こうしてちゃっかり持ってきてしまったんだよお前は。

一階で懐中電灯を見つけ、二階に上がり、自分の部屋の押入れを伝って、天井裏。断熱材。梁。案外と蜘蛛の巣や埃は見えない。ベルトの端をバックルに通して輪を作り、前回と同じくぶ厚いマット状の断熱材の、端の方を折り畳み、台にして、上に乗って、梁にベルトの端を結びつける。このまま首を差し入れて足を浮かせれば、折られていた断熱材が元に戻って空間が出来、達成。いや、ぎりぎり下に足がついてしまうかもしれない。

前にここへ来たあの時は仕事が急激に忙しくなり、文芸誌の初めての長編連載のために毎月追い込まれていたのだった。締切りを破ったり休載したりは、連載終了まで一度もなかったが、そうするくらいがむしろ正常だったかもしれない。書き進めるにつれてストーリーのネタが恐しい勢いでなくなってゆき、例えば登場人物の誰かを早々に死なせ、しまったあそこで退場させるんじゃなかった、もっといろんなことをやらせ、喋らせるべきだったと後悔し、他の人物の視点からその人物を回想するという形で再登場させるものの、ストーリーの枝葉が徐々に狭まるのは止められず、仕方なくまた誰かを殺し、人物が足りなくなるので、なぜこの場面にこんな人間が出てくるんだという不自然さと都合のよさで人物を補充し、また殺し、断熱材を強引に折り畳んで作る踏台並みの無理を積み重ねて無残に完結させた。純文学だからそんな無理も通ったわけで、多くの読者のより厳しい目に晒される運命の漫画誌なら、早々に連載打切りとなっている。無理の跡を、編集者に手取り足取り指示してもらいながら修正し、単行本にはなったものの、評価はされず、売れもせず、疲労と、長いばっかりで何が言いたいんだかさっぱり分らない、という母の感想だけ。これほど体力を消耗させたのは初めてなのに連載中の原稿料と単行本初版の印税のみではとてもじゃないが、ではなくとてもとてもやってゆけるわけがないしやってゆきたくもない。机に向っている最中に、これはいまも時々あるのだが、いきなり目の前が薄紅色になって気を失うか、あるいは体が急激に硬直する感覚があり初めのうちは唾液が大量に、飲んでも飲んでも湧いてきてやがて胃のあたりが迫り上がってきそうになり、トイレに駆け込んで吐く、という目に連載の間何度も遭っていた。収入がないわけではないのだからありがたい、こんなに頭の悪い自分が小説の仕事を貰えるのだから運がいいんじゃないか、とそれまでになく意識して言い聞かせる端から情なくなって、その途端に今度は、仕事上のありがたみをここまで情なく感じるのだから、これはもう引き返せない、逃げ場はない、あっても目を瞑っておく、このまま生き延びて吐きながら小説を書くありがたみなど見て見ぬ振りをしておくに限るじゃないか、と意識的に、下手くそに、真ん丸い石をいくつも積み上げるように自分に言い、その時もやはり母の留守を狙ってここに来、二時間くらい迷ってやめた。

東京にいるいまの方が編集者との距離も近くなり仕事も増え、それでも実家を離れて家賃を払う暮しに余裕はなく、いずれ行き詰ると分っている。はっきりと分る。だからといって、実家に戻って家賃や東京の物価から解放されさえすればいいのか。ここに住んでいた時に、この天井裏に上がることになったのだ。その時と同じ生活に戻るわけにはゆかない、が、だったらなぜ自分はいまここにいるか。どこに住んでいようが、私の命はこの輪、一つ分であるのだ。これに命を差し込んで絞めてみて、それは命であると初めて実感出来、この世で感受するべきものはもうなくなって、終るのだ。

私は本当にここで、たったいま、ここで、こんなことを考えているのだろうか。考えたから、ここに来たのではなかったか。まず東京の自宅という手。これは人様から借りている部屋を汚すことになる。なら、東京に網の目を広げる電車はどうだ。毎日のようにどこかで、人身事故と呼ばれる自殺が起っている。その中に、こっそり紛れ込んでしまえば、しかし遺族は莫大な額を鉄道会社から請求されるとのこと。だいたい、東京でやるとまず初めに、実家の母ではなく、出版社の編集者が動くことになる。生きている間、小説が売れなかったあげくに、死んだら死んだでまた煩わせる。やはりここは、手間ではあっても実家に帰省しておとなしくすませてしまうのが、母には気の毒だけれども、この期に及んでは、一番の気の毒こそが母のためだ。これからの母の、十数年か二十年かの残り時間を、涙々で過させてやれば、さて日々の生活をどうしよう、体の不調をどうしようかと、母自身も悩まずにすむ。息子の死ほどの糧はあるまい。若い頃に夫を、年を取ってからは息子を失い、自分の人生は見失わずにすむ。

だったら、と乗っていた断熱材の踏台をありがたく降りる。

だったら、Gに会ってみるのはどうだ。しょせん、命は近いうちこの輪に差し入れるのだからいっそのこと、本人かどうか分りはしない、Gを名乗って手紙を寄越した人物に、会ってみるのはどうだ。得体の知れない手紙に応じるのは危険だが、心配しなくても一番の危険はいつでもこの天井裏で待っているではないか。

ベルトはそのままにしておいた。押入れを伝って天井裏へ上がる体力も用も、母にはない。この輪はずっとここにある。東京で、Gか、Gに化けた誰かに会って後悔しても、それが会わなければよかったとの後悔にしろ生きていることそのものへの後悔にしろ、この輪はいつまでも私だけを待っている。

「空、元通りになったみたいね。」と帰ってきた母が言った。

雨は上がっていた。新宿の男の子にも雨は降っただろうか。

夜はすき焼だった。肉には刷毛で描いたように差しが入っていた。

「そりゃ高いけど、あんたのお金も混ってるから。」

「金が混るって？」

「私の年金とあんたが送ってくれるお金で買ったからね。」

「そういうの、混ってるって言えるかな。言えなくはないか。」

混っている、と言った時点では混っているが、言葉の上以外で金と金が混り合うなどありそうにはない。

空の傾きが直ったのだから、ひよこだった太陽が成長して産んだ卵で、いますき焼を食べていることになる。天井裏で今日わざわざあんなことをしたのは空が傾いたためで、最後までやらなかったのは空が元に戻ったからだ。実家に住んでいた頃にやりかけた時は、何が傾いて、どう元に戻ったのだろう。

遅くならないうちに東京に着きたいので午前中に立った。ベルトがなくてジーンズが下がってくるので、コンビニかキオスクでと考えていたが、母がホームまで送ってきたので結局そのままだった。

革命の夢

帰省していた実家から新幹線で東京に戻る途中、夢を見た。

夢の中でも、まず東京駅に着く。在来線を乗り継いで、地元のいつもの駅で降りる。当り前だがホームに降りたわけで、その時点では周囲に、これも当り前で多くの乗降客がいる。夕暮にはまだ間があるのに、どういうわけかあたりは夕焼並みの、赤く眩しい日差で覆われている。全く、覆われているという感じでしかない。この見なれた街の透明な空気を、別の赤い光の膜が覆っているのだ。だが、膜そのものが光っているよりかは、透明な空気と膜とに挟まれて出来た隙間に溜っている光が、赤く淀んでいる、といったところだろうか。その光の出どころである太陽を、直接見られはしない。太陽の色は分らない。ただ赤い光だけがある。

エスカレーターに乗り、改札に向って上がってゆく途中で、前後に、人が確かにいて、ところが改札を出た途端、周りに誰もいなくなっている。いなくなった、と思っているのだから、直前のエスカレーターまではやはり人がいたのだろう。

駅ビルにも人影は全く見えず、コンビニ、理髪店、パン屋、ドラッグストアなど、どこもシャッターが閉じられている。なんの店だったか思い出せないスペースにも下りている。駅の外へ出る。通行人はなく、車も走っていない。動きも音もない。街並だけがあり、私もそこにいる。

というところで目が覚め、間もなく終点の東京に着く。在来線に乗り換える。満員。キャリーバッグが周りの人を圧迫しているのではないかと気になったところで、こんなことを思っているのだからこれはどうやらもう夢ではなさそうだ、と考える。外は、夕日に包まれ始めたばかりといったところ。

地元の駅のホームに降り立ち、キャリーバッグを引きずり、エスカレーターに向う列に並ぶ。乗る。上がる。改札を出る。人が行き交っている。駅ビルの店舗はどれも開いている。

外へ出る。人通りと車。動きと音と声がある。駅前の交差点を、キャリーバッグを騒々しく引っ張って渡りながら、さっき、眠る前に新幹線の中で書いていた小説の下書きを明日からどう書き継いでゆけばいいだろうかと考える。一方で、いつもの街並と人通りに、この街はいつここに出来、この人たちはいつからここを行き交っているのだろう、と思ってもいる。

それからGに会いにゆく二か月足らずの間も、部屋で仕事をしていると、決って日に何度かはあの夢の光景がふいに蘇って意識が引き寄せられ、鉛筆が止ってしまった。担当編集者には電話で、まあ大丈夫だとは思うけど、正直、停滞気味ではあってね、と締切りを破ってしまうかもしれないとの布石を打ってはおいたが、当然、夢のことは言わなかった。夢を思い出しているせいで原稿が遅くなっているとまで感じてはいない。もしそうであっても、編集者には言えないが。

あの日、実家からこの街に戻ってきて、この街はいつ頃出来たのだろう、と思ったのも夢のせいだった。人も車もいないあの街の方がいいというわけではない。ただ、夢に見たというだけでそこになんだか妙な感覚が湧いてしまい、はて、住み始めて三年にしかならないこの街はいったいどのようにして出来上がったのだろう、人が通らない野山だった時もあったのだろうが、それはいつ頃までだったのか、と考えたに過ぎない。もし逆に、いつもの何倍もの人と車が行き来している夢を見たら、現実の街のなんと静かなことか、いつからこんなに寂れてしまったのだろう、三年前にはすでにこうだっただろうか、と思っているところかもしれない。

だが私が夢に見たのは無人の街である。いつもの何倍もの人と車、などというのはあとになってから考えた仮の夢であり、いわば理屈で拵えたものでしかなく、夢といえば、あの無人の街ばかりが本当の夢なのだ。いつもの道路。スーパーや銀行やファストフード、不動産屋、定食屋、といったいつもの風景。なのに誰もいない。誰もいないことの他は特にいつもと変りはない。人間が作った街に人間が一人も見当らない、たったそれだけで、いつもとは違うと感じてしまう。夢が覚めてからではなく、まだ夢の中にいる時に、なんだかいつもと全然違うぞ、妙なことが起っているぞ、と認識したのを、覚めてから思い出したらしい。夢だから何が起っても不思議はない、というのは覚めている人間が想像する夢の構造であり、いざ夢を見ているとなったら、これは夢だから不思議なのだ、不思議なのが当り前だ、よって何も不思議ではない、などと思う筈がない。夢の中でも不思議は不思議、理解出来ないものは出来ない。

　ではその理解出来ない夢を、覚めたあと、何日経っても思い出すのはどういうわけか。人のいない光景が気になるのはなぜか。そこには何があるというのだろう。誰もいない街に存在する何か、とはなんだろうか。

　二、三日に一度、駅前のスーパーに行く。実家から帰った次の日にも買物をした。何しろ帰省で金を使ってしまったので、当分野菜は割愛し、最低限の蛋白質、ということで納豆と卵。米はまだある。パンも買っておくか。肉売場を、視線のみで通過する。砂肝くらいなら。しかしそうなるとニラだのニンニクだのとほしくなってしまって面倒。緑なく砂肝だけがゴロゴロと皿に盛られているくらいならない方がまし。まし、というのもまた情ない言い方だが、つまりは贅沢なのだ。ニラがなければ駄目。ラーメンなら、なくてもいいが出来ればネギを。刺身なら普通のでなく刺身用のしょうゆがいい。レトルトのパスタソースなんかなるべくなら使いたくない。となると、塩、こしょうで味つけしただけの、唐辛子も入っていないペペロンチーノ以前の何物かが出来上がったりして、よけいに情ない。いやそれでも、レトルトソースの封を切って、茹でたスパゲティの上にそろそろと空け、袋の隅に残ったわずかな具をフォークで掻き出したりする方が、いや、しかし、それを情ないと言っていたのでは小説一本の東京暮しなど出来るわけがない。

インスタントなんか食えるか、というのではなく要は、一つ二百円ほどのレトルト食品に手が出るのか出ないのか、という話ではあるのだが。売れてる作家が死んだり病気になったりしたって、自分の本が代りに売れはしないし、売れ筋の作家に限っていつまでも頑丈だ。

それでもビールとウィスキーと日本酒と焼酎は買物かごに入れる。重みで、私は生きている実感を、別になくしていたわけでもないだろうが、取り戻した気分になる。これが世界だ。これが当然であり日常であり常識だ。食費を削って酒を買うのではない。スーパーに、そしてこの世に酒があり、私は飲んで、眠ることが出来る。酒代の数千円は出費ではない。金額ではない。眠りに代表される生活全般を支える土台であり、私の命をこの世界につなぎ止める重要な紐帯なのだ。

酒でパンパンになった袋に命の重みとありがたみを感じ、スーパーの外へ出、横断歩道で待つ。夕日と言っていい日差の真っ只中に、街並が膨らんで見えるのは、光のせいか。人と車の量のせいか。どうやらあの夢と現実の街とを比較しているらしい。いま横に立っていたり道の向う側でこっちへ渡るために待っている人たちは、あの夢の街を知らない。この街にもう一つの、無人の顔があることを知らない。

これは正しい言い方ではない。もう一つの顔があるのではなく、私が一人で夢に見ただけだ。この街にはいつも人と車が通る一つの顔しかない。真夜中だってなんの気配もないということはあり得ない。

私があんな夢を見たことは誰も知らない、というのが正しい言い方なのだろう。だが、いまはその私も夢ではなく現実の、有人の街しか見ていない。一方で、無人の街を夢に見た記憶は抜けない。であれば、どこかの時間の隙間にある無人の街を、私だけが知っていることにはならないだろうか。単なる夢だと言ってしまえばいいだけなのだとしたら、いったい私の中のどの抽斗にどう折り畳んで、収納しておけばいいのだろう。記憶の中に留まるのだから、やはりこれは、いつか現実に訪れた別の街のように、確実にどこかにある光景として覚えているとは、言えないだろうか。

青に変って、渡る。すれ違う人たち。両横で待つ車。この人も知らない。あのバイクの人もあの無人、無音を知らずに、このあとも音を立てて走ってゆく。自分だけが知っている。ばれないようにしなければ。記憶を盗まれないように、あの街に人や音が入り込まないようにしなければ。

それからは、無人の街の記憶を、誤って口走ってしまわないかどうか、誰かと喋っている最中、目の色に出てしまわないか、財布や鍵を取り出す弾みに落してしまわないかと気が気でなかった。

記憶も、種類によっては外へ出てしまったとすぐに気づく場合もある。一度、新宿で映画を観ていた時、ストーリーが、なんだか自分の体験に似ていなくもないぞと思っていると、別れた女の記憶が体からうっかり滑り落ち、かつて女が私に浴びせた強い言葉の数々をわめきながら館内の通路を走り回り、捕まえるのに数分かかった。他の観客が苦情を言ったために映画館側からわけを訊かれ、上映されていた作品と記憶の類似のせいだと弁解してみたのだが、館側は、映画と観客の記憶が重なるというケースは当然起り得るがその場合でも、お客一人一人が自分の記憶をしっかりと管理するのが鑑賞上最低限のマナーであり、記憶が逃げ出して走り回るなどというのは大昔の、まだ映画館で煙草が吸えたのどかな時代の昔話としては伝わっているがいま時はもうあり得ない、お客の人生にいろいろな記憶と都合があるのは理解し、尊重するが、他のお客の立場、また館としての営業という観点から、大変心苦しくはあるが今後の入場をお断りするより仕方がない、ともっともな理由で出入り禁止となったのだ。なるほどそちらの考えは理解出来る、であれば、私自身の入場が駄目だとしても、せめて私の記憶の出入りだけは許してもらえまいか、通常の入場料金をきちんと払わせるし、今日のように他人の迷惑になることをしないようきつく言い聞かせておくから、と食い下がると、誠に申し訳ないが、これまた昔であればお客の記憶のみが本人の代りに映画を観て、そのあとで本人が記憶を通じて改めて鑑賞するということもごく普通に行われていたけれども、この頃では記憶を再生して個人的に観るだけに留まらず、記憶を複製して転売するという例も報告されている、すなわち隠しカメラでの海賊版製作と同じであり、現在では禁じられているとのこと。

記憶の使い方も不便になったものだが、いまの私はといえば、夢の記憶を封じたつもりでも、反動からか、ふいにあの無人無音の街が浮び上がってきて、気がつくと一時間近く経っていることもある。誰もいない、だけではなく、この街にはどんな歴史があるのか、戦災には遭ったのか、といった点も、語るべき街の人がいないのだからいっさい謎のままだ。現実の街を見た時に、街はいつ頃出来たのだろうと考えたのと、変りがない。

しかし、街の過去が謎なのは、そもそもこの街には過去と呼べる時間そのものがなかったから、ということになりはしないか。未来が予測出来ないといった不確かさとは違う、強固で確実な形で、この街には過去がなく、従ってどこからも未来はやってこず、ただの現在だけがあり、私だけが街を見つめている。いや、ひょっとするとどこかから他の誰かがやはりこの不思議な光景を覗き見ている可能性はあるが、もしお互いがもう一度あの夢の世界に入り込み、そこで出会うとしたら、もはや無人の街ではなくなるわけだ。私と誰かがいる場所であり、私たちの存在も、ごく普通の出会いと人間関係でしかないだろう。無人だと思っていた街で劇的に出会った奇跡のような二人、などではあり得ないだろう。奇跡とか運命などという魔物の力を借りなくても、我々は他人と簡単に出会える。

では、Gとどのように連絡を取ればいいか。出版社を通じて届いた手紙には、住所と携帯番号が書いてある。編集者に電話してみると、

「編集部を通じて読者とやりとりなさるのは構いませんけれども、原則として、こちらに届く封書に関しましては一応中身を確認させて頂くことになりますが。」

Gのことは詳しく告げなかった。

書いてある番号に思い切ってかけてみるか。こちらの番号が向うに残るのはまずいから、どこかの公衆電話を使う。だが、出来るだけ安全なところからかけるとはいえ、相手と直接声のやりとりをするのは、やはり圧迫を感じる。もし話がこじれてしまった場合、どういうタイミングで会話を終えるか。悪い印象を残さずに切ることが出来るかどうか。相手がこちらを恨んで面倒が起り、はっきりした、身体的な被害につながるかもしれない。

ならやはり編集部を通じて連絡を取るか。担当者が中身を確認すると言ったのは、Gか

らのものだけでなく、私からGへのものもだろうか。だったら私は、勿論封筒の裏にもこちらの住所は書かずに、直接ポストへ落してもいい。

それにしても、いまさらだが、なんでGに、連絡を取ろうとするのだろう。母の友人の息子というだけであり、私自身にはほとんどなんの関係もない人物だ。どうしても会わなければならない理由などない。行方不明のGを母に頼まれて探してみようとしたのも、作家になりたいらしいGに頑張ってくれと伝言した責任などではなく、仕事がはかどらない隙を突かれた恰好で、なんとなく、小説のネタにでもなればいいと踏んだに過ぎなかっただろう。暫く納まっていた悪い癖が出て、踏切から線路に入ろうとしたり、その危険から逃れるために帰省した実家でもやはり天井裏でやろうとしたりし、こういう混乱が続くのであればいっそGだか、Gを名乗る誰だかに会ってでもみればいいのではないかと、まるっきりGにすがりつくかのように考えたのは本当だ。まともでないかもしれない相手に会うことで、進まない仕事や、引っ込んだと思ってもまた出てくる悪癖を、まとめて打破、解決したかったのだ。しかし、よく考えれば、やはりまともではない。危ない相手かもしれないし、もしGのことがうまく収束したとしても、私の日常が平穏になるとは限らない。

日が傾いている。冷蔵庫からビールを取り出し、開けて啜り、缶を片手に持ったまま焼酎のボトルをテーブルに乗せ、ビールを啜り、グラスも出し、ビールを啜り、そのまま一気に飲み干す。缶を流しへ置き、冷蔵庫に帰省前からあるチーズが頭をかすめるが、冷凍庫から氷を三、四個摑み出してグラスへ入れ、焼酎を溢れるくらいまで注いで一口、二口。

やっと落ち着く。いままで落ち着いていなかったのかどうかもよく分らないままとにかく落ち着く。何か食べた方がいい、食べなくてはならない、なんのための作家だ、なんのために原稿を書いている、飲むためではない食べるためだ、食べてゆくためだ、家賃、光熱費、それからあと回しにはなるが母への送金、そのための毎日の仕事だ、とこれほどはっきり反省する瞬間はないと実感しながら飲み、反省。飲み、反省。分った分った、分りました。仕事は生活のためだが、酒は反省するためなのだ。これはどうあっても、真正の、完璧な反省だ。飲まずにする反省など、反省のうちにはカウントされない。なぜならいまこうしてまぎれもなく反省しているのに、酒から覚めてしまえば、今度は、せっかく酒の最中にした本物の反省そのものまで反省することになり、反省の上塗り、反省の右往左往、反省のピストン輸送になってしまい、正しい反省と間違った反省の見分けもつかなくなってしまうではないか、と思いつつ、もう何杯飲んだか分らず氷がなくなりかけているので、また冷凍庫から氷を摑み出し、テーブルまで持ってくる途中で、一個落ちる。ずいぶん高くて変な音がする。いまの落下はひょっとして、人生、とでも名づけるべき事態だったんじゃないだろうか。床とぶつかって変な音を立てたのは氷ではなく、冷凍庫の開け閉めの拍子に中に閉じ込められてしまっていた時間の切れっ端が、氷と一緒に摑んだ私の手から逃れようとしたが、凍っていたため、宙に浮く力を失って落ちたのかもしれない。そんなことあるわけがない、と言い切ってしまいたいところだが、進んでゆく時間の流れからあぶれた数字たちやその破片や何かがそのあたりに漂っていたとして、ちょっと見ただけでは数字だとは分らないというだけで、数字ではないと切り捨ててしまっていいものだろうか。存在を否定出来るだろうか。

床に染みは残らなかった。

あれ以降、無人の街の夢は見ない。夢の記憶はますます頻繁に現れる。こう何度も再生するのは、これだけくり返し思い出していればいつかまたあの夢を見られるのではないか、あの街に自分が立つ時がまた来るのではないか、先日の氷に化けた数字の破片の一件も、何かの予兆なのではあるまいか、と期待している証拠、だろうか。

無人の街をなぜそんなに心待ちにしなければならないかは、Gに会おうとする理由と同じくよく分らないが、もし現実の世界で自分一人しかいない環境にいたら、人がたくさんいる世界に憧れるのだろうから、現代の東京に住みつつ無人の街を待つのも、日常から脱け出したいとの欲求を満たすための手っ取り早い方法ではあるだろう。あの街を望んでさえいれば悪癖も出ないだろうか。無人の街は、まるで悪癖の最終的な形、のようでもあるが。

現実の世界で、どこか人のいない山の中とか、あるいは、私は日本語しか喋れないから、日本人の全くいない海外のどこかの街に、短期間にしろ住んでみてもよさそうなのに、その手間ひまを面倒臭がって、手軽に夢ですまそうとしているが、夢は見ようとして見られるものではなく夢の方からやってきてくれるのを待つしかない。自分のことなのに、最初から他人を当てにしているのと変りがない。意思は通用せず、幸運だけが頼りだ。努力の末に何かを摑むよりも、他力みたいな夢を見てしまう方が、あやふやで怪しげな快楽が増しそうだ。

だから日頃の、駅での電車の乗り降りや駅前での買物は、自分しか知らない無人の街を現実の街と比較して自分の中だけに温存しておくためには好都合で、この点では有人の日常に、ほとんど感謝しているくらいなのだ。

生きてゆくとはすなわちこういうものかもしれない。Gらしき誰かから手紙が届き、白っぽい野球帽が出たり引っ込んだりし、死に損ない生き損ないして、数字か氷かよく分らないものを落し、いつかまた無人の街に立つために今日も人がいるいつもの街で暮してゆく……

午前中、原稿の遅れを、編集者にファックスで正直に告げる。どう切り返してくるかと待っていると、幸いにもファックスで、日程調整しますとの返事。といっても一日二日のことだろうがありがたい。怖がりながら送るこの手のファックスに対し、電話をかけてこられると、私もバカ正直にそれに出てしまい、丁寧な口調での強い要望を一方的に聞かなければならなくなるし、編集者によっては、それでは一度お目にかかってから問題の洗い出しなどを、と来るからたまったものではない。

締切りを延ばしてもらえた安心からか、午前中にもかかわらずベッドで寝転がり、しかし、ふと何ごとか障壁打開のアイデアでも思いついたかの如くに飛び起きて椅子に腰かけ、さて鉛筆を握り、下書き用のファックスの裏紙を前にし、紙の向う側、丁度ペン皿が置いてあるあたりに視線を貼りつけ、ああ、これはやっぱり形だけの執筆姿勢であって実際にはなんの展開も文章も浮んではいない、この状態で書いてゆくなど、運転免許を取った当日に見も知らない土地でタクシーの運転手を始めるのも同じこと、締切りの調整ではなくはっきりと、来月号は休載、一か月の猶予を勝ち取るべきだったのではなかろうか、と後悔しながらも、かなり無理やりにではあるが鉛筆を紙にこすりつけ、書いてゆく。前後のつながりも考えずただ機械的に、思いつくまま気の向くまま、などというわけにはゆかず、前日まで書いてきた筋をとりあえずは踏まえ、しかし物語の各部をただぴったりと重ね合せて組み上げてゆくことよりは、とんでもない速度違反や距離の読み間違い、戻ってこれそうもない寄り道、などがない範囲で、とにかく前に進むことを最優先させる。途中で完全に止り、いっそ破り捨ててしまおう、と紙に手をかけたところで、せっかく筆が止ったのだからと、書いてきた文章を読み直し、ところどころ修正を加えてゆくに留める。

本当に破ることもある。しかも、ろくに読み返しもせず、自分が書いたものが面白いわけはない、一度破ればあとからもっといいものが出てくる筈だ、と勇ましいのか気が弱いのか分らぬ理由で、紙を本当にビリビリに引き裂かないと気がすまないのだ。しかも律儀というか妙に辻褄が合うというか、一枚破り捨てればまたきっちりと一枚分書く、という具合で、下手をすると半分くらいまで書き進めていたものを全部破るという蛮行に走りもし、例えば五十枚を目差していて途中の二十五枚あたり、度が過ぎると出来たばかりの五十枚まるまる全部をビリビリ、つまり五十枚仕上げるのに結局百枚以上を費やす、などということもあるがいまは、破らずともそれなりの水準のものが最初から書けているとの判断からか、水準度外視で紙を埋めてゆけばあとは編集者とのやりとりの中でどうにでもなると高を括っているのか、時々止って、ビリビリやる誘惑を押えつけ、読み返してみる。

茹で卵を潰してマヨネーズと胡椒で和えたやつを、焼いたパンの上に塗って昼食。昼寝をするが、無人の街も、なんの夢も見ない。

昼寝ではもともとあまり見ないが、以前同居していて別れた女は、珍しく昼寝で見た夢に出てきたのだった。

女は時計に目をやり、不安そうに私を見る、という動作をくり返したあと、斜め上空を、何かを待つように見つめ、また時計、私、の順。一緒にどこかへ行きたいのに、私が渋って女が戸惑っている、といったところだろうか。斜め上から、何が来るというのだろう。電車や車なら真横を見るだろう。飛行機か。そんなに遠くへ行くのか。

女の目にはせっぱ詰った、これからやってくる何かを逃がせば一生後悔するとでも言いたげな、それでいて、迷っている私を非難はせず、しかしどうしても行くのだとの強い意思が宿っていた。世界を大きく変える命運を私とあなたが握っているのだとでもいうほどの、現実では一度も見せたことのない恐しい輝き方だった。よく覚えていないが、私は結局、どこかへ行くための何かに、女と一緒に乗りはしなかったようだ。女が一人で旅立つのを見送ったわけでもない。しかし、女がたった二人だけで世界に対峙しようとしていたのははっきりしている。当の女でも他の誰かでも、現実の世界であれほどの目つきに出会ったら、あまりにも誠実な光に、かえって異常な印象を受けるだろう。世界を変えようとするなど、確かに異常だ。

女は私を連れて、何に乗るつもりだったのだろう。通常考え得るような乗り物ではなかったかもしれない。でなければ、型が古くなっていまはどこかの草むらに放置されている車か、電車の車両が、運転手を持たず、動力もエネルギーも奪われている、だからこそ、それまで走っていた地上ではなく、女が見つめていた上空から、自分たち二人だけを迎えにやってくる筈だったかもしれない。

だが乗り物は結局やってはこなかった。あのあとも夢が続いていれば、とも考えてみたが、夢はあそこで終ったのだから、あれで完結している。上映されていた映画が映写機の故障で中断するのとは違う。乗り物は来ない。世界は何も変らない。それがあの夢の全てだ。

しかし、女は確かに何かを待っていた。私は女の目をよく覚えている。何もやってこない結末を知ってもなお、覚えている。だから女はいまも、来ない何かを、私の記憶の中で待っている。

夢を見たのは女と別れたあとだった。だから女に話してはいない。現実の駅前を通る人たちは無人の街を知らず、女は切実な目で何かを待ち、世界を変えようとしていた自分を知らない。

夢は、見る者のコントロールに従わない。台本を書き、その通りに見ようとして見られるわけではない。同時に、見た人間一人のものであり、夢の記憶を他人と共有は出来ない。コントロールが効かないのに、どこまでも掌を出ない図式だ。仮に、女にいくら正確に説明してみせたとしても、共有出来ないどころか、私があの日の昼寝で実際に見たという証拠にもならない。であれば、あの女のことだから、見てもいない夢を勝手に作り上げているだけだ、と反論しそうだ。あの女だけでなくどんな女性に話しても、男のバカバカしい空想だ、と片づけられるに決っている。

夢の女はますます、私の掌の中でいつまでも世界変革を夢見ることになりそうだ。もしGに会うとしたら、それは女の強いまなざしで終っていた夢の続きを見、何かに乗ってどこかに行き、世界の形を変えるのにも等しいだろうか。このところ私の生活を小刻みに刺し続けてきたGに会えば、私はもう二度と線路に入ろうとしたり、ネクタイやベルトで作った輪に首を入れようとしたりせずにすむだろうか。今後は悪い癖を起す危険もなく、変革された世界に感謝しながら、ごく穏やかに、一生の時間をうまく折り返し、残りの半分を安全に走り切れるのだろうか。

あの女の夢の続きも、無人の街と同様、その後は出てこない。運転手が操る電車が着き、無数に人通りのあるこの街で、私の原稿は、少しも遅れていない電車の遅延証明書のように、一枚一枚重なっていった。

Gに手紙を書いたのは、彼も、どこかから無人の街を見つめているかもしれないと思ったからだった。

丸の内北口改札

出版社を通じてお手紙を頂いていたにもかかわらず、今日まで返事を致しませんでしたこと、どうかお許し下さい。どのようにすればよいか、あなたにどのような言葉を投げかけるべきか、また、いっさい連絡をしない方がよいものか、考えがなかなかまとまりませんでした。こうして書いていても、迷いは残ったままです。実は、あなたと連絡が取れなくなりお母様が心配しておられると、私の母から聞き、またお母様からやはり母を通して、東京に住む私にあなたを探してもらえないかと依頼もされたのです。その母とのやりとりの中で、あなたが以前、自分も文学を志していると私に伝え、私もまた、頑張って下さいと返事をしたのだということを知りました。自分のことなのに、知りました、とは心許ない表現ですが、大変申し訳ないことに、あなたにそのように言伝てした事実そのものを、失念していたのです。どのように申し開きすればいいものか分りません。

さらに二つのことでお詫びしなくてはなりません。まず、あなたも御存知のことですが、今度のことを私はあなたに無断で小説に書き、発表までしてしまいました。書き手としてルール違反であるのは勿論、社会に生きる一人の人間として、不用意を通り越し、悪意、悪行と言われてもなんの反論も出来ません。しかも、こうして書いているいまも、文学志望のあなたであれば許してくれるのではないか、と甘く期待してまでいる始末です。もう一つは、あなたから頂いた手紙にあった連絡先を、お母様にはお知らせしないまま、こうしてあなたに手紙を出してしまっていることです。私としては、様々にお考えがあってお母様と距離を置かれているらしいあなたに断らずにお母様に伝えるということが、どうしてもしづらかったのです。ですが、今度のことはお母様からの依頼によって始まった事柄であるのに先方に黙ったままでいるのは、やはり心苦しい限りです。ですからこの点を謝るとすれば、あなたにではなくお母様に対して、ということになりますでしょうか。重ね重ねの失礼、どうかお許し下さい。

いろいろと勝手を申し上げておいて恐縮ですが、一度直接、会って話が出来ないでしょうか。お母様に私からなんらかの報告をするためにも、またあなたが親に知らせないでほしいと思っているのであればその確認のためにも、一度話をした方がよいと考えます。電話番号も頂いていますが、顔を見た方が話しやすい気がするのです。

私は手紙の最後に、一か月ほど先の日曜日の時間と、場所とを指定し、もし都合が悪ければまた文芸誌の編集部を通じて知らせてほしいと書いた。こちらの連絡先を教えるのはやはり怖かった。断りの連絡を寄越すにしろ会うために日程を調整するにしろ、一か月は十分な時間だろう。なんの連絡もないまま、当日、向うが姿を見せないなら、それまでだ。では、いざ会ったとして、いったい何を話せばいいのか、その日に向けて準備をしておかなくてはならない、と不安になったのは、Gの住所へ宛てた手紙を投函したあとだった。

準備といっても、私一人で何をどうすればいいか分らない。手紙に書いた通り、Gの母親に知らせるのは本当に待った方がいいのかどうか、と考えた果に、Gには黙っておいて母親にこっそり上京してもらい、何も知らずに指定の場所に現れたGと感動の親子対面、などという想像をしてしまい、自分の失礼さもここまで来たかと打ち消す。

こうしてあれこれ考えていると、誰かに見られているわけでもないのに、なんだか遠くの方から監視されているようでいやだ。母子の感動の対面を思い描く前に、Gと会おうとすることそのものが、作家として行き詰りかけている自分に刺激を与えたいための、悪だくみではあるのだ。会おうとしている相手はGを装った危険な人物の可能性があり、またそういう偽者ではなく、作家を志すG本人が作家である私に対して羨望に根差した攻撃的な要素を持っていて、それを直接向けてくるという場合もありそうで、特に進んで危険に飛び込みたいのではないにしろ、作家としてのいまの自分に何か変化が起るのを期待したからこそ、会う気になったのだ。破滅を望むのではないし、これまで経験したことのない素晴しい何かを待つのでもない。そうやって何かを意図するせせこましさから、離れてしまいたいのだ。

Gを自分の都合でコントロールし、利用しようとしている。小説の登場人物であるかのように。であれば、私の方こそが、Gを危険な目に遭わせるのではなかろうか。

先月に続き遅くなってしまった原稿を編集者に宅配便で送った。それこそ誰か手頃な知人でも利用しないことには、来月もまた追い込まれそうだ。

だがとりあえず原稿が一つ手許を離れたからには、翌月の締切りなど、一年先十年先と、どこに違いがあろうか。果しなく先に思えるが必ずやってくる、ただし明日やあさってでないことだけは確実、どうだ、なんの違いもないではないか。明日にはいま出した原稿がゲラになってファックスで来る。つまり明日はまだやってきていないということであり、ひょっとすると自分の努力で今日という日を強引に明日へと切り替えるか押し込むかしておくべきなのかもしれないが、何しろ原稿をゲラにするのは先方であり、いまのところこちらは待つしかなく、私の手許にゲラが存在しないという現実の最大の責任は編集者にあり、原稿の書き直しを命じられているのではない以上、この作品に関する全てはいま、担当編集者一人が背負っているのである。

というわけで、日暮が来て、ビール。冷凍してあった食パンの半分を折り取ってグリルで焼き、それをまた二つにして、片方にケチャップ、もう片方にしょうゆをつけてかじりつつ、焼酎。テレビの画面では核兵器容認発言の大臣が、党内外から確実に支持の声が上がっている、議論さえしてはならないというのでは民主国家を名乗れないわな、と語っている。迫り上がってくる吐き気。ロックで悪酔いしているらしい。

シャワーだけでもと思う傍から眠気が来て、どうにか歯を磨き、なんだか普段の酔い方と違う、まさかさっきの大臣の言葉に酔ったとでもいうのか、その場合、支持していることになるのか、逆か、と思いながらベッドに倒れ込む。

夢は見なかった。

ところが、って何がところがなのだかさっぱり分らないが、ところがという感じでしかなく、要するに、今日中にファックスされていなければならないゲラが、夕方になってもまだ届かない。原稿は今日の午前中には向うに着いている筈。ゲラに修正を加えて返送する時間を考えると、もう来ていなければならない。

しかし、来ないということは、何もまずくはないのかもしれない。きのう考えたように、今回の小説に関する責任はいまや編集者にある。原稿が手を離れ、ゲラがまだ届かないいまの自分は、大変暇な、ほとんど仕事をしていない、仕事に逃げられた、仕事から見離され、完全に解放された状態だと言える。

まだ明るいが、飲むか。だが意外にもその私自身が、仕事から逃れた自由をどことなく、というよりもいままでこういう種類の感覚を持った記憶はないというくらいはっきりと、居心地悪く感じ始めている。出所した人間が刑務所を懐しむ、あるいは外の世界で生きるあてがなく、塀の中に戻りたいがためにまた法を破る、といった心境に、たぶん近い。

夕食をカップ麺ですませてもゲラは来なかったので担当編集者に電話してみたが、ほとんど会話とは呼べないような、なんとも意味のない、要領を得ないやりとりに終始したあと、結局、ゲラは出ない、小説は次号に載らない、という答だった。

切ってから、果して自分はいま、誰となんの話をしていたのだろうかと訝ったが、改めて訊いてみようとは思わなかった。こんなことは初めてだが、私の力ではどうしようもない。たとえて言うなら、いつも使っている電車に乗ろうとしたら、ある筈の駅も線路もなくなっていた、といったところだ。電車じたいはきっとどこかを走っていて、そのうちやってくる。待っている客は自分一人。

以前一緒に住んでいた女がいつか夢に出てきて、どこからやってくるとも知れない不思議な乗り物に私と一緒に乗ろうとしていた。世界を変えるためにどこかへ行くつもりに見えた。

乗らないままで覚めた夢の、種類も分らない乗り物を待つのと、今月の原稿に関して要領を得ないやりとりしか出来ていない編集者からの次の連絡を待つのとは、夢と現実の違いもあるし、乗り物と原稿の違いもある。夢の方は、夢であるから意味不明なのも当然かもしれないと思えもするが、原稿に関するやりとりの方は、現実であるだけに、夢の侵入を許さない絶対の謎だ。ここに、Gに会えるか会えないか、会えるとしたら安全か危険か、というもとからあった謎が並び立ってくる。自分で並べている。

夢は夢なのだからどうしようもない。原稿とGについては、謎というよりは現実の上でのちょっとした、いわば支障だ。フリーの文筆業であるから、自分にまつわる支障は一人で背負うしかない。そもそもが、自分で背負えるくらいの支障しか発生しない。今度だって、文芸誌に載らない原稿や来るか来ないか分らないGを理由として、区役所とか、どこかの弁護士事務所とか、あるいは思い切って警察に持ち込んだとしても、まともに取り合ってはもらえないだろう。各々の窓口が冷たいからではない。私一人で解決すべき、また解決出来る程度の支障だからだ。治りにくい病気とか、災害とか、事件事故の被害ではなく、原稿とGでしかないのだから、社会機構一般の常識からすればなんの問題もありはしない。従って二つの支障がどこへどういう形で着地しようが解決しないままだろうが、取り立てて騒ぐほどのことは何もない。

これはかなり運がいい。

翌月の上旬に出た文芸誌の最新号に、私の小説はやはり載っていなかった。改めて電話してみると、編集者の口調は特に悪びれる風でもなく、高圧的なのでもなかった。ただ、これが正式な決定なので、との答だった。誌面を刷新するのは自由だけど、もうちょっと早く知らせてくれればいいのに、と言ってみた私に対して、何かを新しくしたわけではない、自由を行使するつもりもない、正式な決定なのだ、とくり返した。

その電話で約束を取っておき、週が変ってから、直接出版社を訪ねた。玄関で待っていた男の担当編集者は、態度や身長、体型、声質などに目立った変化はないように思われた。年齢の上がり下がりもなさそうだ。

応接室に通されて、正式な決定というのはいったいどういうことなの、と訊いた。

「どういうことか、と仰られると、話がかなり複雑になってしまいますけれども、正式な決定である、という事実に尽きますね、はい。」

「複雑なのは駄目かね。単純な方がいいってわけ？　俺の小説が載らないというのは、まあ確かに単純でちっぽけな事実ではあるけどもね。今月号の内容も、言われてみれば確かに単純だよね。」

「ありがとうございます。つまり、そういうことなのでして。」

「つまり、そういうこと？」

「世の中は決して複雑ではなく単純です。もし複雑なら、単純化してしまえばいいだけですよ。」

今月号は、小説も評論もエッセイも書評も、立ち止ることなくすらすら読めて不安になるほどのものばかりだった。読んだ側を不安にさせるのも文学の重要な役割ではあるだろう。だがこちらとしては原稿料を貰い損ねているには違いないので、もう一度やんわりと楯突いてやるためにとわざわざ持ってきた当の今月号を鞄から引っ張り出し、親指で小口をめくってみたのだが、どういうわけかどの頁にも、何も印刷されていなかった気がした。なるほど単純だ。もう一度めくってみようと思ったが、編集者は何か含みのある目で私の手許を見ている。本当に白紙だったら怖いので、めくらず鞄に仕舞う。編集者は、まるで自らの目線で今月号を押し込むかのように、私が鞄のチャックを閉めるまでじっと見ていた。

「正式な決定ってのは、誰のどういう意思によるものなのかね。」

「恐れ入りますがなかなか説明しづらいですね。」

「単純なのに?」

「何しろ、正式な決定、ですので。」

今回の原稿のどこがまずかったか、どういう内容なら掲載出来ると判断してもらえるのか、などについても納得のゆく答は得られなかった。

平日だったが、玄関で会って応接室で話をして、再び玄関に来て別れるまで、彼以外の人間を一人も見なかった。

帰りがけ、途中の駅で一度降り、ホームのゴミ箱に今月号を捨てた。自分のフィールドとも言える文芸誌を自分でこんな風に手放したのだから全く情ない。捨てずに持ち歩くべきだっただろうか。しかしゴミ箱の奥深くに手を突っ込むのもいやで、そのまま次の電車に乗って帰宅した。

東京駅の丸の内北口は久しぶりだった。改札を出たところで、遠くから、何かを集団で整然と叫ぶ声が聞えてきたが、まだ正体は見えなかった。

薬品に浸したようによく晴れた空だった。誰もが偽物の晴天だと知っているのに、本当の天候だと申し合せた上で、薬くさい日曜日を精いっぱいに過している感じだった。煉瓦造りの駅舎が、海外からの観光客によって次々とスマートフォンに収められる。駅の数が増えてゆく。列車も増便されそうだ。夢の女が乗りたがっていた列車もあるかもしれない。

それらの人の流れが根本を取りまいているビルの林立を、私は目まいを起しながら眺め、横断歩道を渡るでもなく、駅の壁に凭れてぼんやりと立っていた。遠く、ビルの間に森が見えた。

新宿や池袋の、何か空気が蒸された、それでいて埃っぽい風景と比べれば、乾くべきところはきっちりと乾いた清潔な印象であり、ゆうべも酒ばかりで空腹をごまかしたとはいえ残るほどの量ではなかった筈なのに、目まいの奥から頭痛までやってきて、足は止ったたままだった。このところろくなものを食べていないからか。この観光客たちは今日、何を食べてからここへ来、このあとどこで何を食べ、飲むのだろう。

ペットボトルに口をつけ、深呼吸を何度かすると、頭痛はまだあったが少しは落ち着いた気がした。実際には何も改善されていないのだろうが、自分の体調が悪いのであって、自分自身が悪くなっているわけではないのだから、結局大したことではないのだ。

そんな風に考えてしまった結果として、頭痛の方は、しめた待ってましたとばかりに広がってゆこうとし、ほとんど同時に、駅前の通りの向うに立つ、待合せ場所のホテルも含まれている巨大な複合ビルの角から、ずっと聞えていた大勢の声の正体が現れた。ここ数か月マスコミでずっと取り上げられ、本人もそれをほとんど持ちネタとしてくり返している現職大臣の核兵器容認発言を、支持するデモの一団だった。

どちらかといえば保守的な考えの人たちなのだろうが、ヘイトスピーチを思わせる野蛮で暴力的な感じはなく、核なき平和はギマン、核こそアジアの未来、と書かれた横断幕を広げてゆっくりと歩きながら、核兵器をこの手にー、非核三原則はいらなーい、と声を上げていた。五十人くらいか。小さな子どもを連れた人の姿もある。一行の傍には警察官が並んで歩いている。

ところが、その声が、他のところから上がる別の声のために濁って聞えてきて、頭痛のためにいまだ壁に凭れている私のところからは、ビルの反対側の角に新たなデモが現れたのが分った。二手でスタートし、ここで合流しようというのだろうか。頭痛は続く。続くだけなのだから大丈夫だ。

信号が青になった通りを渡り始めてから、新たな一団に対し、手前のもとからいた一団の中に、恐らくは反発を源とする変化が見られ、道を渡り切ろうとしていた私にも二つの集団の違いがどうにか見分けられた。あとから来た方は、大臣発言撤回と核兵器廃絶をうったえている。振られている旗には何々組合と書かれたものもある。他に、目立った違いはない。

道を完全に渡り、もとからいた一団の脇を通ってビルの方へ回り込もうとしたが、歩道いっぱいに広がっていてこちらは車道へ押し戻されつつ、回り込むべき集団の最後尾がどこにあるかも分らず、あとから来た一団との、いきなりぶつかり合うのではないが緊迫は感じられる睨み合いのため、行進が立往生した隙に、集団をビル方向へ真横に突っ切ろうとした時、あとから来た一団との間に高い声が上がって、私からは見えないが、無言で人と人とが激しく接触する気配が波になって伝わってき、賛成、反対、どちらなのかはっきりとは分らない集団に揺さぶられる私の頭部は、なんでここにいなきゃならないんだ、なんでいつまでもお前の頭でい続けなきゃならないんだ、なんで俺はこんなに痛いんだ、と言いたげに、頭自体をますます乱打する。旗を掲げる組合の中に医療関係のものもあるならいますぐこの頭をなんとかしてもらいたいところだが、あいにく核兵器問題よりも緊急で重要な頭痛なのだという証拠を、当事者のくせに私は持ち合せていない。周りの人たちに一歩毎に肩をぶつけながら、やっと集団から吐き出してもらう。頭痛もしっかりついてくる。デモ隊同士は、警察が制止に入り、再び睨み合いに戻っている様子。初めからどちらかの一団を追っていたのかテレビカメラが動き回り、通行人は通行人らしく、騒ぎにちょっと目をやってから、歩き続ける。

作家らしいふるまいがもしあるとすれば、デモに参加することかもしれない。私が最初の小説を発表するずっと前、湾岸戦争やイラク戦争に敏感に反応した作家たちのことを思い出すと、基本的にはほとんどが反戦の立場だったようだ。いまこうして見ている限りでは、デモをして叫んでいるという強烈で分りやすい点において、核兵器に関しては、賛成反対に、そう大きな違いは、どうしても感じられない。戦争に反対するのと核兵器廃絶をうったえるのは全く同じことではないらしい。であれば、核兵器容認がすぐに戦争賛成、とはならないのだろうか。もし何かに対して立場をはっきりさせるならばネガティブになるよりとりあえず賛成に回っておいた方がいいのではなかろうか。核兵器に賛成しておいて戦争に反対するのでは、核兵器が核兵器でなくなりはしないか。だったらそれは、結局、核兵器反対の立場なのではないのか。昔は国会の野党が、なんでも反対するばかりで全く建設的でない、とよく批判されていたものだが、なんでも賛成なら、果してどのように批判されるだろうか。

ホテルの自動ドアを入った。待合せ時間の五分前だった。まだ実家にいて、仕事のため新幹線で上京していた頃は、駅の目の前なので出版社がよく部屋を取ってくれていた。Gに会うならいまのマンションから距離がある方がいいと思ったのと、ある程度知っている場所の方が安心出来そうなのでここにした。そんな安心などなんの役にも立たないが、役に立たないものをどうやって捨てればいいかも、私には分らなくなっている。

毛足はそう長くないのに足が吸い込まれそうなロビーの床。壁際に若い女が一人立っている。柱の傍のソファァーには年配の女。フロントで何か手続きしていた白髪頭の男が合図し、ソファァーの女が立ち上がり、外へ出てゆく。ロビーの横のレストランには遅い昼食の人影。

Gの母親から私の母を通じて送られてきた写真は高校生の時のものだし、表情も分りづらいので持ってこなかった。待っていれば向うが声をかけてくるだろう、と思いながらも、自動ドアが開く度に目をやる。それらしい年齢の男もいたが、フロント係に、お帰りなさいませ、と声をかけられ、客室へつながるエレベーターに乗って消えた。何度目かに開いたドアからまた男が入ってきて、ロビーを見回し、私と一瞬目が合ったが特に表情も変えず、ソファァーに座るとスマートフォンで、もう着いてるよなどと話している。違うとは言い切れない。誰かと話す振りで、こちらの様子を見ているのかもしれない。

やはり写真を持ってくるべきだったか。そうだ、私は結局、Gの顔を直接は知らない。なぜよく知りもしない誰かを自分は探しているのだろう。なぜGの姿を、私は知らないのだろう。

男は、分った、俺がそっちに行くわ、と立ち上がって再び出てゆく。ドアが閉まる瞬間、なぜか男は振り返り、もう一度目が合うが、そのまま行ってしまう。いまので、全部が終ったのだろうか。追いかければまだ何かがつながるかもしれない。

壁際にいた女が歩み寄ってきて、

「田中さんでしょうか。」

小さな目が、怖いほど硝子そっくりだ。

「ええ。あの……」

「来ません。Gからの伝言です。」

「来ない？……失礼ですが、彼とは、どういうお知り合いでしょうか。」

「伝言以外は言わない約束になっています。」

「彼はいま、どこにいるんです。無事なんですか。」

「お答え出来ません。」

「ここまで来て彼のことが何も分らないのはこっちも困る。何が困るのかもよく分らないけど、このままだと、いったいなんのために会いにきたのか……確かに、どうしても会わなきゃならないわけでもないんだろうけど……」

「もう一つあります。」

「は？」

「伝言がもう一つあります。」

女はバッグも何も持っていない。なるほど、伝言だけを持ってきたのだ。

「田中さんは、」と女は目を外したあとでまた私を見た。「田中さんは、いったい、いつ死ぬんですか。」

頭痛は収まっていた。

「私が、いつ、死ぬか、ですか……」

女は困惑した目で、

「申し訳ないですが、お答を聞きたいのではありません。伝言を頼まれただけです。二つともお伝え出来ました。」

あなたは白っぽい野球帽を被ることがありますかと訊こうとした自分に驚いた。女ではなく自分自身に言おうとしたのか。

頭をわずかに下げて立ち去ろうとする女を、あのちょっと、と呼ぶと顔を少しうしろへ捻ったが止りはしなかったので、あの、とさっきより大きな声をかけた。女は一度私を見て、ドアの手前にある、透かしの入った衝立の向うに回り込んで足を止めた。そこなら話を聞くというのだろうか。だが私は女のいる側へは回らず衝立のこちらに立った。女の影は触れそうなほど近い。私は緊張し、視線を落した。

「いまから言うことはG君の伝言に対する答じゃない。私が勝手に言うことだ。それならいいでしょう。あなたには迷惑かもしれないが、今度は私の言葉を彼に伝えてほしい。」

「そういう約束は出来ません。」

「じゃ約束しなくてもいいから聞いてくれないか。」

女は動かない。

「聞いてくれますね。いや別に聞かなくてもいいけど、私は、いまの私は、G君に、いつだったか、頑張って下さいなんて伝えたことが全く恥しいくらいに、作家として駄目な状態で、どう駄目かというと、いろんなところで書いてきたけど、本当に、何度も、自分で死んでしまおうとした。本が売れない、金はない、女に逃げられる、仕事の途中で吐く、気を失う、こういうことがこれからも続く、これ以上は何もかも無理だ、というところまで行った結果として、やろうとした。ほんのちょっとしたきっかけで、やらずにすんだ。でも、いつか、という予感はなくなってない。そうならずにずっと生きてゆく自分は、とても想像出来ない。これ以上自分が生きることは、自分の、負担でしかない。小説を書いても、発表の場があるのかどうか分らない。私の人生に、幸せなことは、当分起りそうにない。死だけが、唯一つの道だ。そこだけが明るく見える。それだけが、自分を、自分から、救い出す方法だ。実行は、明日か、来週か……でも、いまだけはこうして、喋っている。生きて、いられる。何か言っている、書いている間は、まだ、ここにいられる。聞く人も、読む人も、いないかもしれないが、いま言っている言葉も、誰にも伝わらないかもしれないが、この、ひとこと、ひとことが、自分の体から、外へ向って、出せている間だけは、まだ、なんとか。本当にもう、全部駄目には、違いないんだが。」

そのあと、どうか許してほしい、と言おうとしたが、衝立の向うの女は消えていた。ロビーにもひとけはなく、レストランも静かだ。最初からそうだった気もする。二人並んだフロント係は、手許の紙を時々見てはパソコンのキーを叩いている。世界に何かが加えられ、何かが削除されている。世界が二人を使って自らをメンテナンスしているのだ。私の小説程度では、きっとこの世界を少しも点検出来ない。

歩いてゆき、自動ドアが開いた。歩かなければならないらしい。姿は見えないが大臣発言支持派のデモの、整然とした、大きく、迷いのない声が響いてくる。

駅へ向う横断歩道は赤だった。通り過ぎてゆく車の中、ひときわ大きくバスが近づいてくる。私は自分が、何かに祈っているように感じた。バスが、運命そっくりに迫ってくる。死ぬためか生きたいためか分らず、ただ祈っている。

車の動きが止り、人が渡り始める。胸に抱え込んだ祈りを落してしまわないように気をつけながら横断歩道を、人に紛れて渡った。あの夢と同じだ。運命の乗り物に、乗り損ねたのだ。

ではこれから向う駅のホームはどうだろう。きっと、運命とはなんの関係もない電車が入ってくる。それに乗るとは、どういうことか。乗らないとは、何を意味するのだろうか。

私は改札の前で立ち尽した。

初出

雨　「新潮」二〇一八年一月号
気絶と記憶　「新潮」二〇一八年三月号
日曜日　「新潮」二〇一八年五月号
風船　「新潮」二〇一八年七月号
ひよこ太陽　「新潮」二〇一八年九月号
革命の夢　「新潮」二〇一八年十一月号
丸の内北口改札　「新潮」二〇一九年一月号

著者紹介

1972（昭和47）年山口県生れ。山口県立下関中央工業高校卒業。2005（平成17）年「冷たい水の羊」で新潮新人賞受賞。08年「蛹」で川端康成文学賞を受賞、同年に「蛹」を収録した作品集『切れた鎖』で三島由紀夫賞、12年「共喰い」で芥川賞受賞。他の著書に『神様のいない日本シリーズ』『犬と鴉』『実験』『夜蜘蛛』『燃える家』『宰相A』『美しい国への旅』『孤独論　逃げよ、生きよ』等。

ひよこ太陽《たいよう》

二〇一九年五月三十日　発　行

著　者　田中慎弥《たなかしんや》

発行者　佐藤隆信

発行所　株式会社新潮社

東京都新宿区矢来町七一

郵便番号　一六二―八七一一

電話　編集部（03）三二六六―五四一一

読者係（03）三二六六―五一一一

https://www.shinchosha.co.jp

印刷所　大日本印刷株式会社

製本所　大口製本印刷株式会社

ISBN978-4-10-304135-1 C0093

宰相A　田中慎弥

おまえは日本人じゃない、旧日本人だ。そして我が国は今も世界中で戦争中なのだ！ 自由を奪われた「もう一つの日本」を描き、想像力で現実を食い破る怪物的小説！

地球星人　村田沙耶香

なにがあってもいきのびること。恋人と誓った魔法少女は、世界＝人間工場と対峙する。でも、私はいつまで生き延びればいいのだろう――。衝撃の芥川賞受賞第一作。

透明な迷宮　平野啓一郎

僕たちの運命は、どうしてこんなに切なくすれ違ってしまうのだろう――。ブダペストで出会い愛し合うようになった二人が彷徨い込んでしまった美しく官能的な悲劇。

手のひらの京《みやこ》　綿矢りさ

なんて小さな都だろう。私はここが好きだけれど、いつか旅立つときが来る。生まれ育った土地、家族への尽きせぬ思い。京都に暮らす三姉妹に彩られた綿矢版『細雪』。

痴者の食卓　西村賢太

貫多、反省す――。このままでは本当に、いつか破滅の日がやってきてしまうに違いない。とてつもない恐怖と激しい焦りを覚える貫多を描く、全六篇の傑作私小説集。

公園へ行かないか？ 火曜日に　柴崎友香

世界各国から集まった作家たちと、英語で議論をし、小説を読み、街を歩き、大統領選挙を間近で体験した著者が、全身で感じた現在のアメリカを描く連作小説集。

文字渦　円城塔

昔、文字は本当に生きていたのだと思わないかい？　秦の始皇帝の陵墓から発掘された三万の漢字。文字の起源から未来までを幻視する全12篇。《川端賞受賞作》

TIMELESS　朝吹真理子

恋愛感情のないまま結婚し、「交配」を試みるうみとアミ。父を知らぬまま17歳になった息子のアオ。幾層ものたゆたう時間と寄るべない人びとの姿。待望の新作長篇。

スイミングスクール　高橋弘希

母との間に何があったのか——。離婚した母とその娘との繊細で緊張感ある関係を丁寧に描く表題作と、芥川賞候補作「短冊流し」を併録した、新鋭の圧倒的飛翔作。

ウィステリアと三人の女たち　川上未映子

同窓会で、デパートで、女子寮で、廃墟となった館で、彼女たちは不確かな記憶と濛々たる死の匂いに苛まれて……。四人の女性に訪れる救済を描き出す傑作短篇集！

茄子の輝き　滝口悠生

離婚と大地震。倒産と転職。そんなできごとも、無数の愛おしい場面とつながっている——。かけがえのない時間をめぐる7篇。芥川賞作家による受賞後初の小説集。

庭　小山田浩子

ままならない日々を生きる人間のすぐそばで、虫や草花や動物達が織り成す、息をのむような世界——。それぞれに無限の輝きを放つ小さな場所をめぐる、15の物語。

しんせかい　山下澄人

19歳の山下スミトは【先生】の演劇塾で学ぶため、【谷】を目指す。苛酷な肉体労働、同期と地元の女性の間で揺れ動く思い——。痛切な記憶が、物語として立ち上がる。

百年泥　石井遊佳

チェンナイで百年に一度のアダイヤール川氾濫。大洪水の泥から、無数の記憶が蘇る。大阪生まれ、インド発、けったいな荒唐無稽——。第158回芥川賞受賞の新文学。

塔と重力　上田岳弘

忘れられないのね。可哀そうに。17歳の冬、僕たちが眠るホテルは倒壊した。あの地震さえなければ、初体験の相手は美希子になるはずだった。注目の新鋭の渾身作!

岩塩の女王　諏訪哲史

鮮烈なデビューから十年、独自の文学世界を構築する記念碑的小説集。典雅な言葉の結晶が異空間へと誘う——甘美な文学的愉楽、千変万化する魅惑の六篇。

1R1分34秒　町屋良平

なんでおまえはボクシングやってんの? デビュー戦を初回KO後、三敗一分。自分の弱さをもてあます21歳プロボクサーが拳を世界と交えたとき。《芥川賞受賞作》

劇場　又吉直樹

演劇を通して世界に立ち向かう永田と、恋人の沙希。夢を抱いてやってきた東京で、ふたりは出会った。かけがえのない大切な誰かを想う切なくも胸にせまる恋愛小説。